Tonus à l'internat

Yves Pagès

Tonus à l'internat

Roman

LE LYS BLEU
ÉDITIONS

ISBN : 979-10-422-2431-8

Du même auteur

Poudre sur la Solitaire, roman, Éditions Baudelaire, 2023.

Préface

L'auteur n'est pas un moraliste, mais un anatomiste qui se contente de dire ce qu'il trouve dans le cadavre humain. (...) Il se tient à l'écart, surtout par un motif d'art, pour laisser à son œuvre (...) son caractère de procès-verbal écrit à jamais sur le marbre[1].

Tels étaient les mots d'Émile Zola pour décrire le romancier naturaliste. Ils reviennent inévitablement à l'esprit en lisant les pages qui vont suivre tant l'auteur, cardiologue de métier, s'y plaît à disséquer le corps humain pour mieux en sonder l'âme.

L'auteur est un anatomiste, sans aucun doute. Le roman s'ouvre sur le récit d'une erreur médicale, en fin de garde, au terme d'une opération dont tous les détails nous sont livrés au moyen d'un langage précis, peut-être inconnu des lecteurs qui par chance n'ont pas trop fréquenté les services de cardiologie des centres hospitaliers – langage que l'on pourrait qualifier à tous points de vue de *clinique.* À l'issue de cet ouvrage, la « fibrillation auriculaire », « l'ischémie myocardique » et la « mydriase bilatérale » deviendront des termes familiers pour son lecteur : à cet égard, le présent roman est un roman scientifique, « il continue et complète la physiologie »[2], comme aurait dit Émile Zola.

---

[1] Émile Zola, *Les romanciers naturalistes*, Paris, 1881.
[2] Émile Zola, *Le roman expérimental*, Paris, 1880.

Pour autant, l'auteur ne s'intéresse pas qu'aux cadavres : si le présent ouvrage est jalonné d'autopsies, ce sont bien les corps vivants qui occupent le devant de la scène et font l'objet du même travail analytique qu'un médecin légiste ferait sur des dépouilles. L'ensemble des soignants sont des êtres de chair et de sang, dont la pratique du métier peut être altérée par la fatigue, les émotions, le désir : à cet égard, le présent roman est un roman sentimental, où l'auteur se fait « le juge d'instruction des hommes et de leurs passions »[3].

« Juge d'instruction », l'auteur l'est à double titre. Les morts qui surviennent au fil des pages ne sont pas toutes naturelles et il faudra au lecteur, comme aux enquêteurs, une certaine lucidité pour identifier les coupables et établir le partage des responsabilités : à cet égard, le présent roman est donc aussi un roman policier, qui devrait maintenir la tension chez le lecteur – n'est-ce pas là, après tout, le propre du cardiologue ?

Enfin, l'auteur nous livre la radiographie d'un milieu et d'une époque : le milieu hospitalier des années 1980. Alors que le Gouvernement a ordonné, en janvier 2023, le retrait des fresques à caractère pornographique dans les salles de garde de l'ensemble des hôpitaux publics, le présent ouvrage ne nous cache rien de ces traditions étudiantes, de l'humour carabin et de ses travers. C'est donc bien « le procès-verbal de l'expérience »[4] qui s'écrit devant les yeux du lecteur : nous lui souhaitons d'y trouver tout l'intérêt qu'il mérite.

Vincent Perrot
Ancien élève de l'École normale supérieure
Enseignant à la Sorbonne et Sciences Po Paris

---

[3] *Ibid.*
[4] *Ibid.*

Chapitre 1
Fin de garde

La main gantée du médecin se saisit du bistouri et pratiqua une incision rectiligne de cinq centimètres de long, parallèle à la clavicule droite du patient, environ quatre centimètres sous le bord inférieur de celle-ci. Un sang de couleur bordeaux se mit à sourdre. À l'aide de quelques compresses stériles, le praticien tamponna le fond de la plaie. Avec une paire de ciseaux à disséquer, à bouts recourbés et arrondis, il entama la dissection des plans sous-cutanés jusqu'à l'aponévrose du muscle grand pectoral.

Il put bientôt introduire ses deux index dans la petite cavité, ce qui, en décollant l'aponévrose, permit d'aménager une poche destinée à recevoir le pacemaker.

Il prit ensuite une seringue qu'il fixa à un trocart, qu'il introduisit à travers l'incision, dirigeant la pointe sous la clavicule en direction du cou du patient à la recherche de la veine sous-clavière. L'irruption d'un sang rouge foncé témoigna qu'il avait bien ponctionné la veine. La seringue fut désolidarisée de cette grosse aiguille à travers laquelle il put enfiler un guide métallique filiforme souple à bout mousse recourbé pour ne pas blesser les parois vasculaires.

Le trocart une fois retiré, un désilet en plastique fut introduit sur ce guide métallique jusque dans la veine sous-clavière, avant que ce guide ne soit lui-même retiré pour permettre l'introduction dans le conduit interne du désilet d'une sonde de stimulation cardiaque, qui fut poussée d'abord dans la veine cave supérieure, puis dans les cavités cardiaques droites jusqu'à la pointe du ventricule droit.

Le médecin avait suivi la progression rapide de la sonde grâce à sa visualisation radiologique en temps réel sur le scope de l'ampli de brillance qui surplombait la table d'opération.

Une fois la pointe de la sonde bien positionnée, et le désilet retiré, il fallait calculer l'ampérage et le voltage adéquats pour assurer une stimulation ventriculaire de qualité, grâce à un stimulateur externe relié par des fils électriques à l'extrémité de la sonde restant hors du corps du patient. Une fois ces calculs terminés, et après avoir vérifié que la stimulation n'entraînait pas de contraction diaphragmatique, l'opérateur prit le pacemaker stérile que lui présentait l'infirmière du bloc et le brancha à l'extrémité de la sonde qu'il avait solidarisée au muscle par un point de suture.

Il introduisit le pacemaker dans la poche prépectorale en vérifiant que n'apparaissent pas de contractions du muscle pectoral.

Il ne restait plus qu'à suturer l'incision cutanée par cinq ou six points de Blair-Donati assurant un bon rapprochement des lèvres de la plaie.

L'infirmière put ensuite confectionner un pansement protecteur un peu compressif, sur lequel elle posa un petit sac de sable pour prévenir tout épanchement sanguin à l'intérieur de la poche.

Le docteur Henri Legall put retirer ses gants stériles. Il demanda à l'infirmière de l'aider à défaire derrière son cou le nœud de la bavette stérile qui couvrait son nez et sa bouche. Il esquissa un discret sourire de contentement, satisfait d'avoir implanté, sans trop de difficultés, un pacemaker cardiaque en moins de trente minutes.

Le patient sous simple anesthésie locale n'avait pas souffert, et il put le rassurer sur la parfaite réussite de l'intervention.

Toujours revêtu de sa tenue de bloc, Henri, chef de clinique du service de cardiologie, quitta le bloc opératoire pour regagner le couloir du service et prendre connaissance des entrées qui avaient été examinées par Brigitte Verdier, jeune interne de première année, dont c'était le premier stage dans un service de cardiologie.

Il souhaitait ne pas trop s'attarder en ce lundi après-midi, car il avait assuré la garde de cardiologie du CHU du samedi midi au lundi matin, et avait enchaîné sa présence dans le service toute la journée du lundi. Il avait été réveillé à plusieurs reprises par des urgences dans les nuits du samedi et du dimanche et il aspirait maintenant, après cinquante-sept heures non-stop de présence à l'hôpital, à prendre un peu de repos avec surtout une bonne nuit de sommeil sans interruption, car la semaine ne faisait que commencer, et il aurait à assurer d'ici quelques jours une nouvelle garde.

Brigitte était une très belle fille de vingt-cinq ans, grande, blonde, les traits fins et harmonieux, avec un regard qui témoignait d'une intelligence vive, mais qui laissait percer une certaine fragilité.

Après avoir été reçue dans un bon rang au concours de l'internat des hôpitaux, ce qui lui avait permis de choisir dès son premier stage de six mois un des deux postes d'internes encore disponibles dans le service de cardiologie, habituellement très prisé, elle souhaitait tester différentes spécialités médicales avant de choisir celle qu'elle validerait pour l'exercer plus tard.

Le voyant s'approcher, elle s'adressa à Henri :

« Docteur Legall, j'ai trois entrées à vous présenter ; si vous avez un instant… »

« Bien sûr Brigitte, je vous écoute… »

Il la connaissait encore peu, mais était déjà sous le charme de sa jeune interne. Il n'osait détacher ses yeux des siens, de peur que l'on surprenne son regard s'attarder sur une partie du corps élégant et avantageux de la jeune femme, dont l'échancrure de la blouse blanche laissait entrevoir la naissance d'une gorge qu'il imaginait rayonnante. Il était à la fois séduit et intimidé, mais s'efforçait de rester concentré sur l'histoire de la maladie et l'anamnèse de l'entrée que lui résumait Brigitte. Elle lui présenta l'électrocardiogramme sur lequel il put, sur un rythme rapide et irrégulier vers 120 par minute, rapidement diagnostiquer une tachyarythmie complète par fibrillation auriculaire, l'absence d'ischémie myocardique ou de séquelles d'infarctus, mais les stigmates d'une hypertrophie du ventricule gauche.

Ils pénétrèrent dans la chambre pour examiner la patiente âgée de soixante-quinze ans. Le chef du service, ancien agrégé du professeur Lenègre, ponte de la cardiologie française des années 1950-60, avait été formé à la méthode anatomoclinique et exigeait de ses assistants et internes une rigueur méthodologique sans faille dans la conduite de l'examen des patients. Henri s'employa donc à palper tous les pouls périphériques et à ausculter les gros troncs artériels. Il retrouva à la palpation des chevilles un peu d'œdème bimalléolaire, mou, prenant le godet, mais il nota l'absence de signe de phlébite à la palpation des mollets. Il constata l'absence d'épanchement pleural à la percussion des bases pulmonaires. L'auscultation lui permit enfin de retrouver un souffle holosystolique de pointe, trois sur dix, d'insuffisance mitrale modérée, que l'interne avait bien reconnu, alors que les bases pulmonaires étaient le siège de rares râles crépitants. La tension artérielle restait élevée à 18/10 malgré un traitement antihypertenseur que la patiente prenait depuis des années.

Henri confirma le traitement prescrit par Brigitte, associant un deuxième antihypertenseur, des anticoagulants pour prévenir toute formation de caillots dans les oreillettes qui ne se contractaient plus, et une petite dose de charge d'Amiodarone pour tenter, sous surveillance scopique continue, de réduire la fibrillation par voie médicamenteuse afin d'éviter le recours ultérieur à un choc électrique externe. Une petite dose de diurétique était enfin ajoutée pour faire fondre les œdèmes.

Les deux autres entrées, également des patients en décompensation cardiaque, furent examinés dans la foulée et Henri n'eut que peu de corrections à apporter à l'observation établie par son interne.

Il put enfin regagner son bureau et prit connaissance de quelques résultats d'examens biologiques. Sa montre marquait maintenant dix-huit heures, et il se décida à quitter le service, la jeune Brigitte assurant la garde jusqu'au lendemain matin, quand on frappa à sa porte. Une infirmière brune au teint mat, portant la trentaine, bien mise et séduisante, entra et vint lui faire la bise. Ils se connaissaient bien et entretenaient par épisodes une relation charnelle qui permettait à Henri, encore célibataire, d'agrémenter certaines de ses soirées d'un piment érotique auquel il ne se refusait pas à goûter.

Patricia travaillait dans le service de réanimation médicale à l'étage au-dessus et était encore en tenue de travail.

Henri la questionna : « Tu as déjà terminé ton service ? »

« Je termine à dix-neuf heures, mais je suis descendue pour te demander si on ne pourrait pas passer la soirée ensemble. J'ai vu tout à l'heure dans le couloir que tu semblais sous le charme de ta nouvelle interne, dit-elle dans un petit sourire moqueur. Tout le monde parle d'elle dans le service. Mes collègues parient toutes qu'elle va faire des ravages à l'internat ! »

Henri leva les yeux au ciel, ne sachant comment cacher la petite gêne qui l'avait envahi, trahissant des sentiments naissants.

Et pressentant une soirée fougueuse avec sa maîtresse occasionnelle, il répondit :

« On peut dîner chez moi si tu en conviens ; je m'occupe de tout. Rendez-vous pour vingt heures. »

Patricia arbora un large sourire de satisfaction et le gratifia en remerciement de son invitation d'un baiser prolongé sur la bouche, qui laissait présager des suites torrides.

Ils se retrouvèrent deux heures plus tard chez Henri. Elle s'était habillée avec soin et avait certainement passé un bon moment à sa table de maquillage, même si le résultat n'était pas trop chargé et de bon goût.

Henri lui proposa une coupe de champagne, mais avant qu'il ne la lui tende, elle s'était déjà collée à lui, l'enlaçant dans un désir non retenu de s'engager dans des ébats sensuels.

Henri aurait bien pris le temps de boire quelques gorgées et d'échanger quelques mots pour faire monter sa libido dans une progression érotique dont il connaissait l'issue. Mais pour Patricia ce n'était pas un jeu. Elle était amoureuse et voulait se donner tout de suite, sans retenue à son amant pour lui prouver l'intensité de ses sentiments. Ils passèrent donc d'abord par la chambre pour un corps à corps vigoureux qui ne pouvait être retardé.

Mais Henri restait accroché à l'image de sa jeune interne, qui ne le quittait plus. Il était comme détaché du présent et s'exécutait machinalement sans grande conviction dans un jeu érotique qu'il semblait plus suivre que diriger. Patricia s'en rendit compte et tenta de le ramener à la réalité :

« À quoi penses-tu ? Je me demande si tu n'es pas avec une autre en pensées ? Ce n'est tout de même pas ta jeune interne qui te préoccupe ? »

« Non, non, j'ai eu une garde difficile et j'ai du mal à me détacher de l'image d'un patient de quarante-cinq ans que je n'ai pas réussi à sauver d'un infarctus massif. »

L'argument semblait avoir fait mouche et il était difficile d'en contester le caractère irréfutable.

Henri prétexta rapidement d'avoir faim pour mettre un terme à la câlinothérapie qu'avait entrepris Patricia.

Le repas de qualité qu'il avait préparé lui permit de faire oublier son manque d'empressement et, alcool aidant, l'ambiance se détendit complètement. Ils n'avaient pas entamé le dessert, que le téléphone sonna. Henri, surpris, décrocha le combiné. C'était Brigitte qui s'exprimait avec une vive inquiétude :

« Docteur Legall, je suis désolée de vous déranger à cette heure, mais j'ai reçu une urgence qui ne va pas bien du tout. »

« Pas de problème, expliquez-moi », répondit Henri.

« C'est un jeune homme de vingt ans, issu de la communauté des gens du voyage, qui est très essoufflé depuis ce soir. Il a ressenti une douleur dans la poitrine, il bat vite vers 140 par minute, son électrocardiogramme ne met pas en évidence de signe de souffrance ischémique et la radio pulmonaire faite aux urgences montre une silhouette cardiaque un peu augmentée pour l'âge. À l'auscultation je pense entendre un petit frottement péricardique.

Je pense qu'il s'agit d'un épanchement péricardique constrictif. L'anesthésiste de garde et l'interne en chirurgie de garde, qui l'ont vu avec moi aux urgences, pensent aussi qu'il faudrait tenter une ponction péricardique… »

Henri l'interrompit :

« Avez-vous fait les gaz du sang artériel ? Il faudrait aussi transporter le patient dans le service de radiologie pour lui pratiquer une échocardiographie… »

« Mais à cette heure-ci, il n'y a plus personne dans ce service, et moi-même je n'ai pas encore été formé à l'écho, s'impatienta Brigitte, peut-être pourriez-vous venir ? Je sais que vous n'êtes ni de garde ni d'astreinte, mais l'état du patient empire, il suffoque maintenant. Nous allons l'envoyer au bloc pour tenter la ponction. L'interne en chirurgie, qui en a déjà fait, est d'accord pour la pratiquer. »

« Le temps d'arriver à l'hôpital en voiture, je vous rejoins… à tout de suite », termina Henri avant de raccrocher. Puis s'adressant à Patricia :

« Je suis désolé, mais il faut que je me rende dans le service pour une urgence. Tu peux m'attendre ici. J'essaierai de ne pas être trop long. »

« C'est ta petite interne qui appelle au secours ? » soupira Patricia un peu agacée.

Vingt minutes plus tard, Henri pénétra dans le sas d'accès au bloc opératoire pour se laver les mains et se mettre en tenue stérile. Quand il entra dans le bloc, il fut percuté par la vision d'une scène de chaos. Cinq ou six membres de la famille du jeune patient s'étaient introduits dans le bloc, alors que l'anesthésiste, l'interne en chirurgie, Brigitte et une infirmière s'affairaient à la réanimation du patient qui avait été intubé et subissait inconscient un massage cardiaque.

Henri s'adressa immédiatement aux intrus et leur demanda de sortir de la salle, à défaut de quoi il n'y entrerait pas lui-même. Malgré l'extrême gravité de la situation, ils voyaient dans l'arrivée du chef de clinique l'ultime salut pour leur enfant, et ils s'exécutèrent aussitôt.

D'emblée, Henri fut frappé par l'extrême pâleur du jeune patient. L'interne en chirurgie avoua avoir tenté à plusieurs reprises une ponction du péricarde par voie inférieure, sous-xyphoïdienne, qui n'avait rien donné.

Henri eut la conviction que malgré la ventilation assistée et les tentatives de massage cardiaque, le patient était déjà mort. Il présentait une mydriase bilatérale et n'avait plus de réflexe cornéen. Il décida cependant de monter une sonde de stimulation cardiaque par voie fémorale pour tenter de faire repartir le cœur, ni le massage cardiaque, ni les chocs électriques externes répétés n'ayant réussi à faire apparaître la reprise d'un rythme cardiaque autonome sur le tracé électrocardiographique du scope.

Il eut toutes les peines du monde à trouver la veine fémorale à la ponction, comme si elle était exsangue. Et quand la sonde fut montée difficilement jusqu'à la pointe du ventricule droit, la stimulation resta sans effet. C'était la fin.

Brigitte et ses deux collègues de garde étaient catastrophés, la mine défaite par la tournure dramatique qu'avaient prise les événements. Si ce n'était d'une péricardite, de quoi était-il mort ? Une autopsie viendrait sûrement apporter le diagnostic qui manquait, mais ne rendrait pas la vie à ce pauvre garçon !

Il fallait maintenant annoncer à la famille le décès de leur enfant et affronter leur douleur, leur incompréhension et peut-être leur colère.

Chapitre 2
Autopsie

C'était le jour de la grande visite du patron. Henri n'avait pas très bien dormi, préoccupé par les événements dramatiques de la veille au soir. Il voulait absolument en informer le chef de service avant qu'il n'entame sa visite et se retrouve face à Brigitte Verdier. Mais il appréhendait d'entrer dans son bureau et de devoir rendre compte par le détail de ce qu'il ne manquerait sans doute pas de qualifier d'erreur médicale.

Henri but le café que lui avait préparé une infirmière dans la salle de repos que fréquentait le personnel du service aux moments creux de la journée. Plusieurs aides-soignantes et infirmières commentaient à voix basse, l'air soucieux, les nouvelles que leur avait communiquées l'équipe de nuit, sans trop oser solliciter l'avis du chef de clinique. Il finit par prendre son courage à deux mains et alla frapper à la porte de son patron.

Le professeur Philippe Granterre était un homme de petite taille, la cinquantaine, front dégarni, tempes grises, nez proéminent et busqué, encadré de deux petits yeux vifs qui respiraient l'intelligence. C'était un gros bosseur, qui devait sa réussite hospitalo-universitaire à son seul travail. Ses nombreuses années de recherche avec maintes publications internationales lui avaient bâti une solide réputation à hauteur de la qualité de ses travaux anatomocliniques et de sa rigueur professionnelle. Il était craint pour son savoir qui ne laissait passer aucune approximation, mais aussi pour un caractère ombrageux et sans concession. Une Gitane maïs se consumait doucement au coin de ses lèvres. La mine peu engageante, il proposa à son assistant de s'asseoir. Celui-ci commença d'une voix précautionneuse :

« Monsieur, je souhaitais vous voir pour vous informer que nous avons reçu hier soir en urgence un jeune patient dans un état désespéré, que nous n'avons pas pu sauver. »

Alors qu'il allait poursuivre, le patron le coupa sèchement :

« Je suis au courant Legall. Je viens de recevoir un coup de fil du procureur de la République, m'informant que la famille du défunt porte plainte contre l'hôpital et en particulier contre notre nouvelle interne qu'ils tiennent pour responsable du décès. Il semble qu'elle ait complètement pataugé et qu'elle ait pris de mauvaises décisions sans avoir établi de diagnostic sûr. »

« Mais monsieur, reprit Henri, nous n'avons pas d'échocardiographe bidimensionnel dans le service, et de toute façon mademoiselle Verdier n'a pas encore été formée à la pratique de cet examen complémentaire. »

Il pensait en même temps que son patron, qui était de la vieille école, ne savait pas lui-même se servir de l'échocardiographie, technique nouvelle qui venait d'arriver sur le marché et révolutionnait l'approche diagnostique cardio-vasculaire.

« Vous avez raison, répondit-il, il faut absolument que notre service se dote rapidement de cet appareil. Je regrette que ce soit le plateau de radiologie qui en ait bénéficié en premier.

L'autopsie du jeune est programmée à quinze heures. Il serait bien que vous alliez seconder le médecin légiste pour bien analyser le bloc cœur-poumon. »

« J'y pensais… »

« Bon, allons faire la visite. On doit nous attendre. »

Mais avant de quitter son bureau, le boss dit à Henri :

« Vous n'allez pas me croire, j'étais à Paris la semaine dernière pour une réunion de chefs de service de cardiologie, et j'ai appris de certains confrères parisiens que François Mitterrand était traité pour un cancer de la prostate ! Il n'est à l'Élysée que depuis quelques mois et il voit déjà s'obscurcir sa longévité présidentielle ! »

« Vous êtes sûr, monsieur… »

« Nous tenons cela des plus grands urologues parisiens ! »

Ils regagnèrent le couloir des chambres d'hospitalisation. La surveillante-chef attendait à côté du chariot portant les dossiers des malades. Ils entrèrent dans la première chambre où se trouvait Brigitte en train d'ausculter un de ses malades. Elle se releva et laissa apparaître un visage fatigué, pâle et triste. Elle dit d'une voix à la fois inquiète et lasse, mais respectueuse :

« Bonjour monsieur. »

Le professeur se mit à consulter l'observation du patient, qu'avait rédigé Brigitte, puis entama lui-même un examen clinique minutieux du patient. Il releva un léger souffle systolique 2/10 sur la carotide droite, puis après l'auscultation cardiaque s'adressa à l'interne :

« Dans votre observation vous signalez un souffle télésystolique de pointe 3/10, c'est exact, mais vous ne parlez pas du clic qui le précède et vient très probablement signer un prolapsus de la valve mitrale. Il faudra programmer une échocardiographie pour ce patient pour confirmer ce diagnostic. »

« Bien monsieur », répondit Brigitte sur un ton laissant percer un réel accablement. Henri eut même l'impression qu'elle était à deux doigts de craquer et de ne pouvoir retenir ses larmes. Mais elle restait stoïque, s'attendant à tout moment à ce que le chef de service lui demande des précisions sur sa garde de la veille au soir.

Celui-ci lui dit simplement en sortant de la chambre :

« Mademoiselle Verdier, vous viendrez me voir dans mon bureau à la fin de la visite. »

La longue suite de soignants qui accompagnait la visite se retrouva dans le couloir du service. Henri était à proximité de deux cardiologues de ville, qui étaient attachés dans le service, et suivaient les visites deux matinées par semaine. Ils avaient validé leur spécialité en suivant pendant trois ans un certificat d'études spéciales, mais ne s'étaient pas présentés au concours de l'internat des hôpitaux, très sélectif, considéré comme l'ENA de la médecine puisque seulement 10 % de ceux des étudiants de sixième ou septième année de médecine qui le préparaient étaient reçus. La difficulté était grande pour décrocher le Graal, qui donnait accès à cette « voie royale », et c'est pour cela que Brigitte, comme ses autres collègues internes, avait suivi pendant plusieurs années des conférences d'internat jusque tard le soir, en plus de ses cours et ses stages hospitaliers, pour préparer cette compétition qui donnait accès à l'élite méritocratique de la médecine française.

Les deux médecins attachés affichaient un bronzage insolent, témoin de quelques jours passés à Marrakech pour participer à un congrès Franco-Marocain de cardiologie. Leur conversation évoquait plutôt les curiosités touristiques de la région, que le contenu des conférences programmées, qu'ils n'avaient manifestement pas suivies.

Henri n'avait pas une grande estime pour ces collègues qui semblaient particulièrement préoccupés par le rendement économique de leur cabinet et amassaient des revenus trois à quatre fois supérieurs à ceux d'un praticien hospitalier. Ils se félicitaient d'avoir été invités par un laboratoire pharmaceutique pour ce congrès médical, alors qu'ils avaient bien moins de cursus hospitalo-universitaires qu'Henri et ne s'intéressaient manifestement pas au programme scientifique qui leur avait été proposé. Leur invitation ne tenait que dans l'espoir que fondait le laboratoire d'un retour sur prescription d'une de leurs molécules vedettes.

Le petit groupe suivait en silence le professeur Granterre qui poursuivit sa visite dans une autre chambre. Il interrogeait maintenant une patiente de la campagne manifestement impressionnée par la réputation du praticien :

« Madame, quand vous marchez en côte, êtes-vous obligée de vous arrêter rapidement ? »

« M'sieur le professeur, il n'y a pas de côte autour de chez moi… »

« Mais alors êtes-vous obligée de ralentir à la marche parce que vous vous sentez essoufflée ? »

« Ben ma foi, je marche à mon pas… j'me connais… »

Philippe Granterre s'impatienta et la reprit sur un ton ferme :

« Enfin, dites-moi si vous vous sentez essoufflée au point de ralentir ou d'arrêter prématurément une marche ? »

« Vous savez, j'ai plus de vingt ans, mais d'là à dire que je marche moins vite que mes voisines… »

C'en était trop, le professeur s'était empourpré, et poussé à bout, se mit à exploser :

« Mais bon Dieu ! Répondez aux questions que je vous pose ! Pourriez-vous marcher trois cents mètres sans vous arrêter ? »

« J'ai jamais à faire plus de trois cents mètres autour de ma maison », répondit la dame en réprimant difficilement un sanglot.

Passablement énervé, Philippe Granterre enchaîna par l'examen clinique de la patiente, faisant remarquer au passage qu'elle aurait pu se laver les pieds quand il recherchait les pouls pédieux.

Le mauvais caractère du patron se manifesta encore tout au long de la visite, mais il était certain que son exaspération avait un lien avec le décès du jeune rom qui le préoccupait.

Henri put rejoindre l'internat pour le repas de midi, alors que Brigitte devait s'expliquer sur le déroulement de sa garde de la veille dans le bureau du patron.

En arrivant dans la grande salle à manger, déjà occupée par une bonne cinquantaine d'internes, très majoritairement des hommes, il ne put s'empêcher d'admirer une nouvelle fois la qualité des décorations murales qui conféraient à ce lieu tout son charme licencieux, d'un style qu'aucune des mères des jeunes femmes internes de bonne famille présentes dans la salle n'aurait accepté ni même imaginé que leurs filles côtoient.

Tous les murs étaient peints de scènes orgiaques représentant les chefs de service, avec une grande ressemblance, dans des postures obscènes en tenue d'Adam, ou alors simplement vêtus d'une blouse blanche largement ouverte laissant apparaître de généreux attributs en état d'excitation.

Ces grandes fresques murales confectionnées avec soin et un réel talent par les élèves des beaux-arts étaient plus représentatives d'un hymne au priapisme que d'une ode à l'éthique médicale, et étaient le témoin d'un réel besoin de défoulement pour ces jeunes médecins confrontés quotidiennement à des situations médicales souvent très difficiles à supporter psychologiquement. Ces décors avaient en quelque sorte des vertus apaisantes puisque l'inconvenance de ces peintures allégoriques venait effacer le temps d'un repas des images insoutenables de la détresse humaine face à la maladie et à la mort.

Henri s'assit à côté d'un collègue chirurgien orthopédique, et comme il venait de commander un steak-frites béarnaise au cuisinier, il vit entrer dans la salle à manger un chirurgien vasculaire en fin d'internat, qui apportait pour un tour de table un grand plat sur lequel trônait la jambe d'un artéritique fraîchement amputé du matin, entouré d'une garniture de persil et cresson.

Un instant d'effroi gagna les convives, et quelques jeunes femmes montrèrent même leur désapprobation. Le plat peu ragoûtant ressortit donc assez rapidement de la salle, son porteur se rendant compte un peu tard qu'il était allé un peu trop loin dans le défoulement post-stress chirurgical.

Quelques instants plus tard, Brigitte apparut à l'entrée de la salle de garde, livide, les traits tirés, manifestement éprouvée par son tête-à-tête avec son chef de service.

Henri lui fit signe de s'installer à côté de lui, et sans vouloir la brusquer lui demanda comment s'était passé son entrevue.

Brigitte, la gorge nouée, lui dit que son patron l'avait informée sur les suites judiciaires qui risquaient de la poursuivre pendant des années et lui avait reproché de ne pas avoir su empêcher l'intrusion de la famille dans le bloc. Elle ajouta qu'elle avait croisé dans la cour de l'hôpital un groupe de gens du voyage, au sein duquel elle avait reconnu quelques-uns de ceux présents dans le service la veille.

Ils l'avaient dévisagée d'un regard noir, l'un d'eux lui lançant même d'une voix menaçante :

« Nous vengerons la mort de notre enfant que vous avez tué ! »

Henri lui prit la main pour la réconforter, car il se rendait compte que Brigitte ne mangeait pas et qu'elle avait rejoint l'internat essentiellement pour y trouver refuge et réconfort auprès de ses collègues de promotion.

Un pétard, qui avait été placé dans un yaourt, fit sursauter la salle et aspergea les internes les plus proches. Tous les autres se mirent à rire bruyamment tout en craignant d'être les futures victimes de l'artificier du jour.

Brigitte était restée triste et muette, totalement étrangère à cette scène potache, l'esprit entièrement capté par le mauvais sort qui s'était posé sur elle. Se rendant peut-être compte que son apparence en souffrance pouvait détonner dans cette ambiance guillerette et décalée, elle prit congé d'Henri pour, dit-elle, aller relire quelques publications récentes. En fait elle voulait dormir une heure ou deux pour tenter de se soustraire à une obsession culpabilisatrice, qui la gagnait. Comme jeune interne n'ayant pas encore trouvé de logement en ville, elle disposait d'une chambre dans le couloir de l'internat attenant à la salle de garde, comme une dizaine d'autres internes et les médecins de garde.

Henri prit un café et alla se poser quelques instants dans le foyer de l'internat, alors que certains de ses collègues s'attardaient à une partie de bridge et que d'autres arrivaient encore pour déjeuner après une longue matinée opératoire. Les chirurgiens et les médecins de garde fréquentaient l'internat à toute heure du jour et de la nuit dans un ballet quasi incessant au gré des urgences qu'ils avaient à prendre en charge.

Il était bientôt l'heure de l'autopsie et Henri se dirigea vers la morgue, qui se situait dans un bâtiment à part de l'hôpital. En traversant la cour, il croisa le groupe des gens du voyage dont lui avait parlé Brigitte et sentit qu'il était observé de façon pesante. Sans se retourner, il entendit dans son dos une interpellation sans équivoque :

« Nous vengerons la mort de notre jeune… »

Le corps du jeune homme était allongé nu sur un plan de travail métallique muni de rigoles latérales pour recueillir les liquides. Le docteur Guillemot, chef de clinique en anatomopathologie, l'attendait pour commencer l'autopsie. Il prit une scie circulaire et entreprit d'ouvrir le sternum longitudinalement en deux pour écarter les deux volets thoraciques et avoir accès au bloc cœur-poumon. Celui-ci fut prélevé et mis de côté pour une analyse ultérieure. Puis il prit un bistouri et pratiqua une incision profonde de l'épigastre à la symphyse pubienne. À leur grande surprise, ils virent que la cavité abdominale était remplie de sang, peut-être un litre et demi. D'où venait ce sang ?

Se souvenant que la ponction péricardique avait été pratiquée par voie sous-xyphoïdienne, Henri inspecta le lobe gauche du foie et put constater qu'il était transpercé de nombreux trous, qui avaient donc été provoqués par les ponctions. Le patient s'était ainsi vidé de son sang par ces plaies hépatiques, ce qui expliquait l'aspect livide du mourant la veille au soir quand il l'avait découvert au bloc. Mais pourquoi un saignement si abondant ? Le foie était-il congestionné par une rétention sanguine anormale au moment de la ponction ?

Henri entreprit de chercher une explication au niveau du cœur droit et des artères pulmonaires. En ouvrant celles-ci, il tomba sur de nombreux caillots sanguins obstruant la quasi-totalité de l'arbre artériel pulmonaire. Le jeune était donc décédé d'une embolie pulmonaire massive, qui avait occasionné en amont un gonflement du réseau vasculaire hépatique. Le lobe gauche ainsi hypertrophié s'était trouvé sur le trajet de la ponction sous sternale qui l'avait transpercé et avait ainsi provoqué l'importante hémorragie abdominale, précipitant le décès du patient qui était inéluctable.

Malgré le caractère morbide de la scène, Henri se sentait soulagé et presque heureux d'avoir pu trouver une cause au décès, qui pourrait peut-être atténuer la responsabilité de Brigitte dans la mesure où, même si elle avait fait le bon diagnostic d'embolie pulmonaire, celle-ci était tellement massive et foudroyante que le patient n'aurait, de toute façon, eu aucune chance de s'en sortir.

Il fallait cependant trouver la cause de cette embolie pulmonaire, et en l'absence de signes de phlébite patents aux membres inférieurs, les prélèvements opérés sur les différents organes viendraient peut-être expliquer le diagnostic. Une fois ceux-ci réalisés, ils entreprirent de refermer la paroi abdominale par une série de points de suture. Il restait à inspecter le cerveau et à y faire des prélèvements. La scie circulaire s'attaqua à la boîte crânienne pour découper une large calotte occipitale d'accès. Rien n'était à signaler à ce niveau, mais l'analyse anatomopathologique sous microscope viendrait compléter l'inspection des différents échantillons.

La boîte crânienne fut refermée et le cuir chevelu suturé avec soin pour que la famille ne voie pas trace de l'effraction osseuse à ce niveau.

Mais désormais peu importait à Henri que l'on trouve une tumeur ou une phlébite viscérale profonde à l'origine de l'embole, la cause de la mort brutale de ce jeune était établie de façon formelle et l'on pourrait expliquer aux proches qu'il n'avait aucune chance de s'en sortir vivant.

Chapitre 3
Inculpation

Henri était à son bureau après la contre-visite de la fin d'après-midi. Il dictait à la sténorette pour les médecins traitants les courriers de sortie des patients qui avaient quitté le service, et que les secrétaires médicales taperaient à la machine à écrire dès le lendemain matin.

Demain aurait lieu le tonus de l'internat qui célébrait l'accueil des nouveaux internes et « l'enterrement » de ceux qui terminaient leur quatrième année d'internat. Il souhaitait se mettre à jour rapidement de ses dossiers, car dans quelques heures l'ambiance serait beaucoup moins studieuse, et surtout il attendait le retour de Brigitte Verdier qui avait été convoquée dans l'après-midi chez le procureur de la République.

On frappa bientôt à la porte. C'était bien sa jeune interne qui venait lui rendre compte du déroulement de sa convocation.

Henri vit tout de suite que les affaires de Brigitte ne s'arrangeaient pas. Elle semblait catastrophée, les yeux rougis, les traits tirés, et eut du mal à sortir ses premières paroles :

« Le procureur m'a signifié que j'allais être inculpée d'homicide involontaire, suite à une erreur diagnostique et des décisions inappropriées en rapport avec un manque de moyens mis en œuvre.

L'interne en chirurgie et l'hôpital sont également inculpés. »

« Mais quels éléments a avancés le procureur pour étayer sa décision ? » interrogea Henri sur un ton qui se voulait réconfortant.

« La confrontation a duré près d'une heure. Il s'est appuyé sur le rapport d'autopsie du docteur Guillemot et les accusations de la famille du défunt… »

« Mais enfin, répliqua Henri, le procureur a bien vu que l'embolie pulmonaire était massive et que le patient était condamné ! »

« Ils ont surtout retenu l'erreur diagnostique, qui a conduit à la ponction, qui a précipité le décès », se lamenta Brigitte qui poursuivit au bord des larmes : « Ma carrière est foutue, je vais traîner cette condamnation tout au long de ma vie professionnelle. »

Cherchant à atténuer le tourment de la jeune femme, Henri reprit :

« Rien ne dit que tu seras condamnée. Tu pourras bénéficier d'évidentes circonstances atténuantes, comme l'absence d'échocardiographe dans le service, l'organisation des gardes par l'hôpital qui n'assure pas de doublure aux internes de première année par l'astreinte d'un médecin senior confirmé, enfin l'état désespéré du patient à son arrivée qui ne laissait pas de temps à des explorations complémentaires sophistiquées. »

Brigitte comprenait que le docteur Legall cherchait à lui remonter le moral, mais elle n'était pas vraiment convaincue par son argumentaire. Tout aussi accablée, elle prit congé pour aller prendre connaissance des résultats des examens biologiques qu'elle avait demandés pour ses malades.

Henri était contrarié par la tournure des événements et regrettait de ne pas avoir été de garde ce soir-là. Peut-être aurait-il pu mieux gérer la situation, mais surtout il n'aurait pas décidé de pratiquer cette ponction péricardique sans avoir avant transporté le patient dans le service de radiologie pour lui pratiquer une échocardiographie à la recherche d'un épanchement péricardique constrictif, même s'il devait y décéder.

De plus si certains signes pouvaient faire évoquer les deux diagnostics : douleur dans la poitrine, essoufflement important, tachycardie… pourquoi n'avait-elle pas pratiqué les gaz du sang artériel qui auraient mis en évidence une hypoxie majeure, évoquant immédiatement le diagnostic.

Manifestement son interne avait paniqué et s'était focalisée sur ce soi-disant frottement péricardique à l'auscultation, qui n'était probablement qu'un frottement pleural. Enfin, il ne comprenait pas pourquoi l'interne en chirurgie et l'anesthésiste, qui l'assistaient, n'avaient pas été plus réactifs et n'avaient pas contesté sa démarche diagnostique !

Conscient qu'il s'agissait d'une responsabilité collective, il était décidé à la protéger, et comme il avait reçu un courrier du procureur l'invitant à apporter par écrit son témoignage, il argumenterait sa réponse en mettant en cause le système de garde de l'hôpital et le défaut d'équipement du service.

Il pensait aussi inviter Brigitte à venir au tonus pour l'aider à se sortir de ses idées noires.

Comme il était encore dans ses pensées, la porte de son bureau s'entrouvrit et la tête de Patricia apparut. Elle était toute fringante et se réjouissait de retrouver Henri :

« Salut Henri, demain je suis de nuit en réa. Ce serait bien qu'on se fasse un petit resto ce soir. Qu'est-ce que tu en penses ? »

Toujours préoccupé par le sort de son interne, Henri n'avait pas franchement l'humeur à aller faire la fête, et il lui dit sans vouloir être désagréable :

« Je viens de recevoir Brigitte Verdier, qui est inculpée d'homicide involontaire dans une sale histoire. Je n'ai pas vraiment le cœur à sortir ce soir… »

« Oui, je sais, on ne parle que de cela en réa. Les infirmières de mon service disent qu'elle a été dépassée par les événements… mais tu ne vas quand même pas te laisser attendrir par le sort de cette petite gourde ! »

« Je ne te permets pas de la qualifier ainsi, la reprit Henri, c'est une fille qui a travaillé dur pendant de nombreuses années, qui a été reçue dans un bon rang au concours de l'internat, ce qui n'est pas donné à tout le monde, et qui a un très bon niveau de connaissances médicales. Seulement, elle s'est retrouvée bien seule et manquait certainement d'expérience devant une entrée particulièrement délicate à prendre en charge. Et, si elle ne nie pas une part de responsabilité, c'est tout notre système d'accueil aux urgences qui est à revoir ! J'aurais bien aimé te voir à sa place. »

« J'aurais appelé mon chef de clinique préféré… répondit Patricia avec un sourire qui se voulait complice, Bon, on ne va pas s'appesantir toute la soirée sur les difficultés de ta petite protégée. »

« Non, bien sûr, mais je n'ai pas envie de sortir dans ce contexte. Je serais un mauvais convive », poursuivit-il.

« Mais on pourrait aller chez moi, si tu préfères ? »

« Écoute, pour ce soir c'est non », conclut-il.

« Alors, promets-moi de venir me dire un petit bonsoir demain soir en réanimation médicale pendant mon service, puisque j'imagine que tu participeras au tonus de l'internat ? »

« J'essaierai… »

Patricia s'était rapprochée d'Henri et s'assit sur ses genoux à son bureau. Elle commença à l'enlacer.

Henri eut l'impression qu'elle ne portait pas grand-chose sous sa blouse blanche et comprit qu'elle était en quête de caresses intimes. La tentation était forte. Patricia avait d'indéniables charmes corporels et une grande capacité à en jouer. Elle commençait à laisser s'aventurer ses mains dans les zones érogènes de son médecin préféré. Il se sentit gagné par une irrésistible envie de lui rendre la pareille, commençant à déboutonner sa blouse pour mieux satisfaire un entrecuisse qui attendait avec impatience sa petite récompense. Mais au moment où elle se saisissait de son mât de cocagne, réalisant l'incongruité de cette situation dans un bureau médical, il se dégagea en se justifiant d'un :

« N'importe qui pourrait entrer à l'improviste, tu imagines la situation ! »

Furieuse de l'interruption brutale de leurs ébats, Patricia lui lança en réajustant sa blouse :

« Mon pauvre Henri, tu n'arrives pas à sortir cette fille de tes pensées. J'espère que demain soir tu auras repris tes esprits et que tu n'oublieras pas de venir me rendre visite en réa. »

Et elle quitta le bureau sans attendre de réponse.

Chapitre 4
Tonus à l'internat

Une certaine excitation gagnait les internes qui s'étaient rassemblés pour l'apéritif dans la salle de garde de l'internat, décorée pour la circonstance de façon festive, ce qui mettait bien en valeur les fresques murales irrespectueuses. Un cercueil ouvert, dressé verticalement en fond de salle, venait compléter le décor. Les internes de première année étaient inquiets de ce qui les attendait, les plus anciens un peu émus de quitter cette grande famille.

Seuls les internes en titre et leur conjoint étaient invités, mais aussi les anciens internes comme les chefs de clinique ou les professeurs agrégés, qui cependant ne se précipitaient pas à ce type de soirée, ne souhaitant pas se retrouver à contempler toute la soirée leur caricature dénudée sur les murs de la salle.

Les professeurs agrégés de médecine étaient obligatoirement d'anciens internes des hôpitaux. C'était d'ailleurs le seul concours qui était exigé pour prétendre à ce statut délivré sur titres et travaux.

Cependant quatre ou cinq d'entre eux ne refusaient pas de revenir goûter à cette ambiance torride qui leur rappelait leurs jeunes années de spécialisation, n'hésitant pas à entonner en chœur tout un répertoire de chansons paillardes qu'ils connaissaient par cœur.

Les étudiants de septième année de médecine qui effectuaient leurs stages de fin d'études en qualité d'interne dans les services du centre hospitalo-universitaire et qui n'avaient pas passé le concours, n'étaient pas invités.

Se trouvait donc réunie une corporation médicale élitiste, issue du même moule, qui se distinguait comme la gardienne d'une tradition et d'un état d'esprit propre aux grandes écoles.

Henri avait réussi à faire venir Brigitte, qui de toute façon avec le bruit de la fête n'aurait pas pu se reposer dans sa chambre située à proximité de la salle à manger. Il l'encouragea à boire quelques bulles dans l'espoir de l'égayer un peu.

Quand tout le monde fut installé autour de la grande table en U, le président des internes appela les premiers nouveaux internes qui, pour être intronisés, devaient produire un petit numéro personnel, si possible amusant. Certains s'acquittaient d'une chanson agrémentée de paroles volontiers inconvenantes ou de saynètes comiques essayant de tourner en ridicule certains confrères ou des moments de la vie hospitalière.

Dans les circonstances que tous ces convives connaissaient, Brigitte avait été dispensée de faire son petit spectacle, et c'est Christian Runavot, un autre interne de première année du service de cardiologie qui fut appelé pour son numéro de passage devant ses pairs :

« Mes chers collègues, commença-t-il, j'ai rédigé une question d'internat inédite, que je vous propose d'inscrire au programme du prochain concours : la fibrillation pénienne, signes, diagnostic, traitement !

Apparaissant volontiers chez l'homme de la cinquantaine les soirs d'orage, cette pathologie se manifeste d'abord chez le patient par une sensation de pesanteur et de forte tension au niveau de l'organe reproducteur, qui est bientôt animé de soubresauts et de tressaillements incontrôlés.

À l'examen, l'inspection permettra au médecin d'observer une importante proéminence slip-aire, déjà évocatrice.

Mais c'est à la palpation que les doigts avertis de l'examinateur ressentiront des contractures brèves et désordonnées, secouant les parties d'ondulations anarchiques et empêchant tout déploiement complet et soutenu de l'appendice viril !

Parmi les examens complémentaires, c'est l'enregistrement électrographique pénien qui tient une place de choix. Il conviendra pour obtenir un résultat fiable non parasité que les électrodes soient bien positionnées et maintenues fixées à l'organe par des mains infirmières expérimentées. Ainsi pourront être enregistrées les ondes électriques asynchrones authentifiant la fibrillation… »

Christian avait conquis son public qui, hilare, se régalait.

Il arriva bientôt au traitement :

« Le traitement de ce mal encore peu connu, et l'objet de recherches approfondies est d'abord préventif en évitant l'atmosphère électrique des soirs d'orage…

Mais ce sont des thérapies anciennes et éprouvées qui ont obtenu les meilleurs résultats. On peut bien évidemment envelopper fermement l'organe malade dans une bande Velpeau, après que celui-ci a été enduit avec soin d'un onguent à la moutarde forte de Dijon. Mais ce sont incontestablement les massages thaïlandais qui assurent la sédation la plus radicale.

Pour les cas les plus récalcitrants, l'intervention d'une péripatéticienne agréée pour pratiquer une fellation thérapeutique se solde par un taux de réussite débordant toute espérance !

Enfin, certains ont préconisé de laisser barboter les parties fibrillantes dans les eaux apaisantes d'une station thermale telles celles de la Bourre-Boule ! »

La prestation de Christian fut saluée par une longue ovation.

La soirée était lancée et les verres se vidaient à grande vitesse. Henri se rendit compte que Brigitte avait déjà bu plusieurs verres de vin, mais qu'elle restait indifférente à la bonne humeur ambiante. Elle semblait déconnectée de la soirée, plongée dans une profonde mélancolie que l'alcool avait plutôt accentuée. Elle avait manifestement le vin triste et aucune amusante prestation de ses collègues ne semblait pouvoir la distraire. Henri se demanda si elle n'avait pas dépassé le stade de l'émoustillement des premiers verres et si son ébriété n'était pas avancée au point de la plonger dans une sorte de torpeur hébétée.

Pendant ce temps les plats défilaient. Les entrées consistaient en une assiette de fruits de mer qui avait été engloutie rapidement par les convives, accompagnée d'un Chardonnet particulièrement apprécié, si l'on considère le nombre de cadavres de bouteilles qui commençaient à s'amonceler sur les tables !

Alors qu'un magret de canard suivait au menu, c'était maintenant les premiers « enterrements » de fin d'internat qui débutaient.

Les internes qui terminaient leur quatrième année étaient placés chacun leur tour debout dans le cercueil. Ils déclamaient habituellement un petit pamphlet humoristique sur la vie de leur service, dans lequel le chef de service était le plus souvent épinglé, voire sévèrement moqué. C'est pour cette raison que les agrégés étaient peu enclins à fréquenter ce type de soirée, qu'ils avaient pourtant honoré du temps de leur propre internat.

C'était maintenant le tour d'un chirurgien de quatrième année qui avait présidé aux destinées de l'internat. Il sut trouver les bons mots pour se moquer avec finesse des petites manies de sa hiérarchie et de l'attitude courtisane de certains de ses collègues. Le bon ton utilisé, qui flinguait avec brio, mais sans trop de méchanceté, emmenait tous les rieurs de son côté. Alors qu'il aurait pu prétendre à une brillante carrière hospitalo-universitaire, il allait dans quelques semaines entamer une carrière libérale et il n'avait plus à craindre le poids d'une chefferie de service toute puissante et intouchable, qui pouvait compromettre à tout moment la progression de la carrière du plus brillant des assistants, le plus souvent sur des incompatibilités caractérielles qui n'avaient rien à voir avec les compétences et les qualités professionnelles, mais qui permettait aux patrons les moins renommés d'écarter ceux qu'ils jugeaient susceptibles par leur talent de prendre toute la lumière et de les reléguer dans l'ombre, s'ils étaient promus à l'agrégation.

Il s'agissait d'un enterrement qui voyait disparaître pour la médecine hospitalière un de ses meilleurs éléments.

Car si le concours de l'internat avait permis d'empêcher une promotion héréditaire au sein des chefferies de service, dès qu'un fils de patron était reçu au concours, la course à l'agrégation ne se faisait plus de façon égalitaire, puisque celle-ci n'était plus anonyme. Restait un dernier espoir pour les meilleurs d'entre eux, surtout s'ils étaient dotés d'un caractère fort et n'étaient pas enclins à la courtisanerie servile, c'était de tomber sur un chef de service intelligent jugeant au mérite ses assistants, quitte à se voir supplanté par le niveau de connaissances et de recherches de l'un d'entre eux.

L'interne de quatrième année qui suivait, fut beaucoup moins incisif et ménagea même son patron. Mais il est vrai qu'il poursuivait son cursus comme chef de clinique et ne voulait pas que des propos irrespectueux de sa part puissent être rapportés à son chef.

La prestation, beaucoup moins piquante s'en ressentit et l'assistance, bien que déjà bien imbibée, le remarqua. Bientôt des « à poil ! à poil ! » retentirent et le respectable confrère ne put bientôt que s'exécuter devant l'insistance de la salle. Se retournant, il baissa son pantalon, laissant apparaître le cul d'un futur chef de clinique bien propre sur lui ! Son épouse, plus mal à l'aise que lui, ne savait plus où poser le regard, comme si c'était elle qui s'était retrouvée en semblable posture !

La soirée avançait et nous arrivions au dessert, un vacherin fort appétissant. Mais les organisateurs de la soirée avaient laissé entendre qu'il y aurait aussi une pièce montée particulièrement alléchante !

Henri remarqua que Brigitte s'était levée, et que d'un pas mal assuré, titubant même un peu et se retenant aux murs, elle quittait la salle, manifestement dans un état d'ébriété avancé, mais son expression restait triste et préoccupée.

Les lumières furent tout d'un coup tamisées et une musique langoureuse retentit. Une grande clameur de satisfaction accompagna l'apparition d'une strip-teaseuse, déjà largement dénudée, qui commençait dans une danse envoûtante à onduler sur la grande table évitant bouteilles et couverts. Elle entreprit d'ôter progressivement le peu de textile qui lui restait sur la poitrine et le bas des reins. Les internes qui étaient incollables en anatomie humaine se demandaient jusqu'où irait l'effeuillage. En vraie professionnelle elle s'acquitta de son numéro de charme avec brio, laissant comme traces de son passage sur les tables la totalité de sa petite lingerie !

Quelques bouchons de champagne se mirent à sauter comme pour saluer la performance, qui avait mis en feu toute la salle, même les moins réceptifs à ce type d'exhibition.

Plusieurs couples se levèrent et se formèrent pour danser.

Henri regretta un instant que Brigitte soit partie, mais pensa en même temps qu'elle n'était plus en état de danser. Il s'inquiéta toutefois de sa santé et demanda à Hélène, une de ses collègues internes, d'aller voir dans sa chambre si tout allait bien pour elle.

La soirée était bien avancée, et le niveau sonore était monté de plusieurs crans, certains reprenant en groupe à gorge déployée un répertoire particulièrement grivois de chansons de corps de garde : l'artilleur de Metz, les filles de Camaret, le grand Vicaire, la petite Huguette… Les spécialistes du genre étaient inarrêtables, parfaitement désinhibés par une consommation excessive d'alcool qui se poursuivait pour quelques-uns autour de la pompe à bière du foyer de l'internat. D'autres tentaient de poursuivre quelques pas de danse plus ou moins chaotiques au rythme d'une musique en partie couverte par les envolées des chœurs de chansons à boire.

Hélène revint bientôt dans la salle avec précipitation, l'air catastrophé. Retrouvant Henri et Christian, elle leur dit d'une voix entrecoupée par l'émotion :

« J'ai retrouvé Brigitte allongée inconsciente sur le plancher de sa chambre avec une plaie profonde au front ! »

Ils rejoignirent rapidement la chambre et virent qu'elle respirait, mais était dans le coma, ne répondant pas aux stimulations. Henri prit les choses en main et demanda à Christian d'aller appeler deux brancardiers pour transporter leur collègue en radiologie afin de lui pratiquer des radiographies du crâne à la recherche d'un éventuel trait de fracture.

Puis, se souvenant de la présence hostile des gens du voyage dans la cour de l'hôpital et des menaces à peine voilées qu'ils avaient proférées, il prit la décision d'appeler le commissariat de police. Le président des internes, averti du drame qui se jouait, les rejoignit dans la chambre et confirma qu'il fallait effectivement contacter la police. Il avait lui aussi remarqué la présence d'un groupe de gens du voyage dans la cour de l'hôpital en fin d'après-midi.

Dans l'attente des résultats de l'autopsie et du feu vert du procureur, les obsèques du jeune avaient été repoussées au lundi et sa famille restait à proximité pour veiller son défunt. Un ou deux d'entre eux auraient très bien pu s'introduire dans l'internat, et à la faveur de la fête, qui accaparait toute l'attention des internes, se faufiler discrètement dans les couloirs jusqu'à la chambre de Brigitte pour l'agresser et lui régler son compte, comme pouvaient le laisser entendre certaines de leurs menaces.

Au bout de quelques instants, Henri eut un inspecteur au bout du fil :

« Bonsoir inspecteur, je suis le docteur Henri Legall, cardiologue à l'hôpital… »

« Bonsoir docteur, que se passe-t-il ? »

Henri continua :

« Nous fêtons ce soir le tonus de l'internat, et il y a quelques minutes, alors qu'elle était partie se reposer, nous avons retrouvé dans sa chambre une de nos internes allongée par terre inconsciente avec une large plaie au front ! Nous craignons qu'elle n'ait été agressée par des gens du voyage qui sont remontés contre elle, en raison du décès d'un des leurs qu'elle n'a pu éviter… »

« Ah oui, je suis au courant de cette affaire dont s'est saisi le procureur, acquiesça l'inspecteur, vous pensez qu'ils seraient allés jusqu'à l'agresser physiquement ? »

« Je pense que c'est une piste que l'on ne peut pas écarter », poursuivit Henri.

« Bon, docteur, nous arrivons. Surtout, ne touchez à rien. »

« Nous sommes obligés d'envoyer la victime en radiologie pour nous assurer qu'elle n'a pas de fracture du crâne, mais nous laissons la pièce en l'état ! »

Henri raccrocha au moment où deux brancardiers arrivaient pour emmener Brigitte en radiologie. Il demanda à Christian d'appeler l'interne de garde en neurochirurgie pour qu'il prenne en charge sans tarder sa collègue et évalue son état cérébral pour écarter toute hémorragie méningée.

Seul un petit groupe d'internes avait été mis au courant de la situation, et la soirée se poursuivait sur un train d'enfer confinant à la beuverie pour certains des internes qui s'égosillaient encore à claironner difficilement les paroles des chansons les plus coquines de leur répertoire : « Suzanne suce des bananes » succédant maintenant à « la pompe à merde » ! La pompe à bière, elle, était fortement sollicitée et les propos de bon nombre des convives devenaient confus, obscurcis par les vapeurs d'alcool.

Le président des internes fit passer le mot de baisser le son de la sono et de ralentir le rythme des libations des collègues les plus ébrieux. Il ne fallait pas que la maréchaussée, qui dans quelques minutes, sans avoir à pénétrer dans la salle de garde, se retrouverait à proximité dans la chambre de Brigitte, risque de conserver du corps médical hospitalier l'image peu valorisante d'une corporation dépravée !

L'inspecteur arriva peu de temps après avec un collègue accueilli à l'entrée des locaux de l'internat par son président qui les dirigea jusqu'à la chambre de la victime où chacun put se présenter. L'inspecteur André Delcourt était un homme d'âge mûr, de taille moyenne, le cheveu dru et sombre, arborant une moustache épaisse, l'œil brun et perçant, donnant l'impression d'une personne expérimentée qui ne s'en laisserait pas compter.

Il s'adressa d'entrée à Henri :

« Docteur, à quelle heure a été découverte mademoiselle Verdier dans sa chambre ? »

« Il était environ vingt-trois heures, estima Henri, et nous l'avions vu quitter le repas avant le dessert, je pense moins d'une demi-heure avant. »

L'inspecteur en conclut, « sa blessure a donc été occasionnée entre vingt-deux heures trente et vingt-trois heures à proximité d'une fête particulièrement bruyante et animée. Dans quel état se trouvait-elle quand elle a quitté la salle ? »

« Elle avait un peu bu, mais pas au point de tomber dans un coma éthylique », répondit Henri.

« Et comment s'était passée la soirée ? Poursuivit l'inspecteur, avait-elle eu une altercation avec un des participants ? Avait-elle une relation suivie avec un de ses collègues ? »

« À ma connaissance, elle n'avait pas de petit ami, ni de soupirant parmi les convives, et elle est restée à l'écart de la fête, probablement préoccupée par les conséquences de sa garde mouvementée de lundi dernier… » tenta d'expliquer Henri un peu gêné.

« Je confirme », compléta Hélène.

« Mais vous-même, docteur, quelles sont vos relations avec Brigitte Verdier ? » reprit l'inspecteur sur un ton un peu inquisiteur.

« C'est une de mes internes, et dans le contexte qui la concerne, je me dois de la protéger. Elle apparaît particulièrement affectée par son inculpation », se justifia Henri.

« Excusez-moi d'être direct, mais avez-vous essayé d'entretenir avec elle une relation qu'elle n'aurait pas souhaitée ? » insista l'inspecteur Delcourt.

Henri eut alors clairement le sentiment d'être suspecté de l'agression de sa jeune interne, comme s'il avait été éconduit ! S'il ressentait de réels sentiments à son égard, il ne pouvait accepter cette suspicion malsaine. Et comme un honnête homme qui se sent blessé et suspecté sans raison, il reprit l'inspecteur d'un ton ferme :

« Écoutez inspecteur, nous avons probablement des coupables qui courent actuellement, et vous venez accuser de façon gratuite et inopportune le tuteur médical de la victime ! »

« Excusez-moi, docteur, tenta de s'expliquer Delcourt, mais je cherche à identifier toutes les personnes qui ont été en contact avec la victime. Et vous en faites partie. C'est même vous qui nous avez alertés avec empressement. Mais rassurez-vous, suite aux soupçons que vous avez évoqués au téléphone, nous avons lancé plusieurs de nos agents à la recherche des gens du voyage au sein des bâtiments de l'hôpital, et nos patrouilles mobiles ont été averties et sont à leur recherche en ville. Maintenant, avec mon collègue, nous allons procéder à l'inspection de la chambre de mademoiselle Verdier à la recherche d'indices et d'éventuelles empreintes digitales. Nous entamerons ultérieurement les interrogatoires. »

Puis, s'adressant au président des internes : « vous serez aimable de me dresser une liste complète des participants à votre fête, en espérant qu'ils soient en état de se souvenir de quelque chose… »

Le président précisa : « certains chefs de service sont partis juste après le dessert… »

« Raison de plus pour interroger tous ceux qui auraient pu s'absenter avant la découverte de la victime, insista l'inspecteur, maintenant, laissez-nous faire nos investigations, nous en avons pour moins d'une demi-heure. »

Henri était un peu décontenancé par la tournure de l'interrogatoire, qu'il n'avait pas un seul instant imaginé pouvoir se diriger contre lui. Comment l'inspecteur avait-il pu le suspecter d'avoir avec Brigitte une liaison non avouée, qui aurait mal tourné, et qu'il chercherait à dissimuler en prétextant un différend avec des gens du voyage ? Mais n'était-ce pas le rôle et le devoir de l'inspecteur que de recenser tous les suspects potentiels, comme un médecin dans une démarche diagnostique se doit d'envisager toutes les étiologies possibles à une maladie objectivée ?

Mais l'amour-propre d'Henri, homme d'une grande probité, n'était pas préparé à une telle investigation qui l'avait perturbé.

Comme ils s'éloignaient de la pièce, Hélène tenta de le réconforter :

« Je pense que l'inspecteur est allé un peu trop loin dans son interrogatoire… »

Henri, bon prince, répliqua :

« Vous savez, Hélène, il ne fait que son travail… mais allons plutôt nous inquiéter de la santé de Brigitte. »

Comme ils regagnaient la salle à manger, la fête s'était calmée, bon nombre de convives semblant dégrisés par la triste nouvelle concernant leur consœur, dont ils étaient tous maintenant informés.

Christian revint bientôt du service de radiologie et apporta des nouvelles en demi-teinte :

« Les radiographies du crâne ne montrent rien, et l'interne en neurochirurgie n'a pas mis en évidence de signes en faveur d'une hémorragie cérébrale, mais comme elle reste dans un coma profond nous l'avons dirigée sur la réanimation médicale où elle sera probablement intubée et où tout un bilan biologique pourra être pratiqué. »

Henri décida de se rendre en réa pour suivre de plus près l'admission de Brigitte dans le service.

En chemin, il croisa de nouveau l'inspecteur, qui avait déjà fini ses investigations et lui confia :

« Nous avons trouvé des traces de sang sur un coin de la table de nuit de votre interne, et par ailleurs nous venons d'apprendre qu'une de nos patrouilles motorisées en ville avait contrôlé par hasard vers vingt et une heures trente, avant le lancement des recherches, la voiture de la famille du jeune défunt qui regagnait leur campement à l'extérieur de l'agglomération. Manifestement, dans ces conditions, ils ne peuvent plus être incriminés.

Cependant cela n'écarte pas pour autant une agression qui aurait fait chuter la jeune interne, d'où cette blessure.

Ah oui, j'oubliais ! Nous avons aussi trouvé dans le tiroir de sa table de nuit une boîte vide de barbituriques ! »

Chapitre 5
Réanimation

Le docteur Marc Legrand, chef de clinique du service, assurait la garde en réanimation médicale. Il venait de prendre en charge Brigitte et lui avait déjà posé une voie veineuse profonde par abord de la veine jugulaire interne, alors que le suivi en continu au scope de l'électrocardiogramme mettait en évidence un rythme régulier plutôt lent, la prise de tension artérielle automatique affichant des chiffres un peu bas à 9/5.

Il venait de suturer la plaie frontale avec soin, laissant espérer un résultat esthétique presque parfait.

Henri arriva dans le service et salua son collègue :

« Bonsoir Marc, je t'apporte une information importante. On a retrouvé dans la chambre de Brigitte Verdier une boîte de barbituriques vide ! Elle a peut-être fait une tentative de suicide qui pourrait expliquer le coma, d'autant qu'elle avait pas mal bu pendant le repas du tonus. »

« Je trouve d'ailleurs que sa respiration, qui s'est ralentie, plaide pour une dépression respiratoire comme on peut en voir en pareil cas », abonda le docteur Legrand. « Je vais l'intuber sans plus tarder pour que nous la placions sous respirateur. Nous allons doser la barbitémie pour que le laboratoire puisse nous confirmer cette hypothèse. »

Marc Legrand se munit d'un laryngoscope et se plaça au dos du lit de la jeune interne, qu'il intuba sans difficulté. Il la brancha à un respirateur artificiel qui commença à insuffler les poumons de la patiente à un rythme régulier quatorze fois par minute.

« Je te préviens dès que j'ai les premiers résultats sanguins, poursuivit Marc, je te laisse, j'ai une autre entrée qui m'arrive dans une autre chambre. »

Henri, resté seul devant le lit de son interne, commençait à échafauder le scénario qui lui paraissait désormais le plus probable. Profondément déprimée depuis la mort du jeune rom, dont elle se sentait en partie coupable, et ne supportant plus l'idée de porter ce fardeau toute sa vie, elle avait voulu tout oublier en se retirant de la vie par un geste désespéré, s'en donnant le courage en recherchant une ébriété rapide pendant la fête.

Henri s'en voulait de ne rien avoir vu venir, de ne pas avoir su mieux percevoir sa détresse, de ne pas avoir su interpréter comme signal d'alerte la tristesse qu'elle affichait et aussi de ne pas avoir été plus proche d'elle pendant la soirée, pour être à son écoute et trouver les bons mots pour mieux la réconforter et la protéger de tout geste irréfléchi.

Mais elle était encore en vie et son beau visage n'avait que peu souffert de sa plaie au front. Ses traits étaient parfaitement détendus et n'exprimaient plus aucune tristesse. Elle paraissait totalement reposée dans un inconscient profond, qui lui avait permis de se retirer de ce monde de souffrance qui la tourmentait depuis quelques jours.

Henri lui prit la main, et se sentant coupable de non-assistance à personne en danger, il fut pris de remords et d'une émotion intense qui l'étreignit. Il se sentit gagné par les larmes et une profonde détresse. Il se rendait compte qu'il était tombé amoureux de cette jeune femme, et qu'il allait peut-être la perdre, sans même avoir pu lui avouer ses sentiments.

Bouleversé par cette situation, qui pouvait marquer définitivement un coup d'arrêt à cette relation naissante et à la perspective d'une vie heureuse aux côtés d'une femme qu'il aimerait, il recherchait désespérément des éléments pour maintenir l'espoir.

Après quelques instants, il préféra imaginer un avenir idyllique dans lequel lui et Brigitte pourraient après ce cap difficile se retrouver heureux dans un destin commun. Il la ferait voyager et découvrir le monde, il la protégerait de tous les aléas de la vie. Ils fonderaient une famille et il l'aiderait pour lui permettre de poursuivre une brillante carrière professionnelle. Ils parcouraient ensemble une vie sans histoire, mais passionnée, portée par un amour indéfectible.

Il aurait voulu à ce moment de transport émotionnel se rapprocher d'elle et pouvoir la serrer contre lui. Mais son cœur parlait tout seul et il ne pouvait espérer le moindre signe de communication de la part de Brigitte, qui dans l'inconscient profond qui l'avait envahi avait peut-être perçu l'intense prière qu'il exprimait.

Marc entra dans la chambre, interrompant brutalement la rêverie sentimentale d'Henri :

« Ah Henri ! Je n'avais pas vu que tu étais encore là. La barbitémie est revenue très élevée. Il s'agit donc bien d'une tentative de suicide aux barbituriques, aggravée par une forte consommation d'alcool. Sa tension chute et elle est en hypovolémie. Nous allons accélérer le remplissage par la perfusion et mettre en route un traitement vasopresseur et inotrope par Dobutamine à la seringue électrique, en surveillant étroitement la pression veineuse centrale et sa fonction rénale qui commence à se dégrader. J'espère que nous n'aurons pas à la dialyser. »

« Je te laisse travailler Marc. Appelle-moi si la situation venait à empirer », insista Henri.

« La situation est sérieuse, mais rien n'est perdu… » poursuivit Marc.

Henri quitta la chambre lentement, le regard absent, comme un automate, tant il était perturbé par cette situation, dont il se retrouvait comme un acteur malheureux. Il semblait se diriger sans but précis au sein du service, comme quelqu'un dont toute l'attention est accaparée par un phénomène majeur et qui fait abstraction de son environnement immédiat.

Il faillit ainsi ne pas voir Patricia qui revenait d'une surveillance de soins dans une autre chambre et qui l'interpella :

« Coucou Henri, c'est moi. À quoi penses-tu ? On te dirait ailleurs. Dans tous les cas c'est bien gentil d'être venu dans le service me dire bonsoir. »

Henri sortit un peu de sa torpeur et répondit sur un ton préoccupé qui ne le quittait pas :

« Je suis passé prendre des nouvelles de mon interne, qui a fait une tentative de suicide. »

« Oui, mon chef m'en a parlé, c'est lui qui s'en occupe. Viens avec moi en salle de repos, on va se prendre un petit café ; ça va te requinquer, après tout ce que vous avez dû boire ce soir ! » proposa Patricia.

Henri la suivit sans conviction. En entrant dans la pièce, où était stocké du matériel médical, et qui servait de lieu pour la pause-café, il vit Germaine Pelois, une aide-soignante proche de la retraite, qui buvait un café. Imaginant que les deux arrivants avaient à parler, elle s'excusa d'un respectueux « bonsoir docteur », auquel Henri répondit d'un « bonsoir Germaine » un peu complice, car ils se connaissaient depuis plusieurs années, du temps où Henri avait effectué un de ses stages d'interne dans le service de réanimation médicale. Elle s'éclipsa en le gratifiant d'un aimable sourire. Avait-elle compris que Patricia cherchait à s'isoler avec lui ?

L'infirmière prépara deux cafés et se rapprocha d'Henri qui semblait encore un peu absent. Elle vint se coller à lui et lui passa une main dans le cou. Tout attendrissante, elle lui dit :

« Tu sais qu'on est bien ensemble. On est fait l'un pour l'autre. Ce serait bien de se rapprocher pour vivre ensemble. On a tous les deux dépassé la trentaine et il y a un moment où il faut se poser et penser à construire quelque chose de durable. »

Henri, gêné par les avances de Patricia, auxquelles il ne s'attendait pas, et encore préoccupé par l'état de santé de Brigitte, tenta maladroitement d'éluder la proposition :

« Tu sais, Patricia, c'est vrai qu'il y a une attirance entre nous et que l'on a passé de bons moments ensemble. Tu as su me procurer beaucoup de plaisir, mais je ne t'ai jamais rien promis. Et puis, dans le contexte dramatique que traverse mon interne, je ne suis pas en disposition d'esprit de penser à des choses légères. »

« Mais en te proposant de vivre ensemble, il s'agit plutôt de choses sérieuses ! » le reprit Patricia, manifestement contrariée par le détachement qu'affichait son amant. « Tu te préoccupes trop de ta petite interne qui accapare toutes tes pensées actuellement. C'est vrai qu'elle est en mauvaise posture et qu'elle a peu de chances de s'en tirer, mais que ça ne t'empêche pas de vivre. Tu as un bel avenir devant toi. Ne le gâche pas dans une improbable amourette passagère. »

Henri, passablement agacé par la tournure que prenait la conversation, se retira de l'étreinte qu'avait entreprise Patricia :

« Écoute, ça suffit comme ça ! J'ai le droit d'envisager mon avenir comme je l'entends et je ne suis redevable d'aucun engagement vis-à-vis de toi. »

Patricia blêmit et fut offusquée par les propos de l'homme qu'elle aimait :

« Espèce de salaud ! Tu veux bien baiser ta petite infirmière autant que tu veux pendant des mois, et puis, à la première venue qui t'émoustille un peu, tu vas voir ailleurs ! »

Surpris par la réaction violente de Patricia, Henri tenta de la calmer :

« Écoute, tu te trompes, je t'ai toujours respectée, et je me suis toujours senti bien avec toi, c'est vrai. Mais il y avait une sorte d'entente tacite pour nos escapades amoureuses, où nous trouvions chacun notre compte, dans un jeu libertin sans promesses, nous laissant libres de mener nos vies personnelles en parallèle. »

Patricia au bord des larmes répliqua :

« Tu n'es qu'un goujat d'avoir profité de moi, sans penser un instant que l'amour physique finit par engendrer des sentiments d'attachement dont on ne peut plus se défaire. »

Henri comprit que Patricia était tombée amoureuse de lui, et que son manque d'attention à son égard la faisait souffrir et l'avait blessée. Il tenta de se sortir de cette situation qui le mettait mal à l'aise :

« Bon, on ne va pas continuer à s'écharper comme ça en pleine nuit, alors que tu as du travail qui t'attend dans le service, et qu'avec les libations à l'internat, je ne suis pas dans mon meilleur état pour discuter de cela. On reprendra cette conversation dans de meilleures conditions, si tu veux bien. »

Il finit son café d'une gorgée et quitta la pièce un peu groggy à la suite de cette altercation.

Chapitre 6
Surdosage

Germaine Pelois avait fini de désinfecter la literie et de nettoyer la chambre qu'un patient venait de quitter les pieds devant, pour qu'elle puisse être rapidement opérationnelle pour le prochain entrant. En quittant la chambre, elle aperçut Patricia qui sortait promptement de la chambre de mademoiselle Verdier, une seringue vide à la main. Germaine lui demanda sur un ton badin :

« Alors, comment se porte le docteur Legall ? »

Patricia, qui semblait pressée de poursuivre ses soins, répondit sans vouloir s'attarder :

« Il semble un peu surmené en ce moment… », et regagna la pièce où les infirmières préparaient les perfusions et les soins pour les patients.

Germaine Pelois passa par le poste de centralisation du service qui permettait la surveillance simultanée en temps réel de toutes les données concernant les patients sur des scopes regroupés, qui voyaient défiler en continu les électrocardiogrammes, tensions artérielles, courbes de pression veineuse centrale ou artérielle, saturation en oxygène.

Le docteur Legrand y était installé et rédigeait l'observation de la dernière entrée qu'il avait examinée. Il releva la tête et salua madame Pelois d'un petit sourire aimable, lui demandant :

« Il reste bien des lits libres pour de futures entrées ? »

« Deux, docteur, avec celui que je viens de préparer. »

« Parfait, merci. »

Il termina bientôt son compte rendu et s'attardant à nouveau sur les scopes, il s'arrêta sur celui de Brigitte, intrigué par l'apparition d'une déformation des ondes de repolarisation ventriculaire qu'il n'avait pas remarquées auparavant. Leur amplitude était anormalement augmentée et leur forme étroite et pointue en « chapeau de gendarme » pouvait et même devait faire suspecter une forte augmentation du potassium dans le sang. Il s'adressa à nouveau à Germaine Pelois :

« Germaine, pouvez-vous aller trouver Patricia, et dites-lui de pratiquer tout de suite un prélèvement sanguin à la petite Verdier pour lui doser en urgence l'ionogramme à la recherche d'une hyperkaliémie et la fonction rénale avec clairance de la créatinine. Qu'elle fasse la piqûre sans garrot pour ne pas augmenter artificiellement le potassium.

Et le docteur Legall est-il toujours dans le service ? »

« Le docteur Legall a quitté le service pour aller se reposer un peu. Il n'est pas de garde… » répondit Germaine.

« Oui bien sûr, mais sa présence aurait été utile pour interpréter ces modifications électrocardiographiques, dont je ne m'explique pas la soudaineté. »

Marc se reconcentra sur le tracé scopique de Brigitte et vit bientôt que les complexes de dépolarisation des ventricules avaient tendance à s'élargir. Il était inquiet et restait fixé sur le scope, attentif à la moindre nouvelle modification.

Au bout de quelques instants, il vit apparaître un bloc complet entre l'activité électrique des oreillettes et celle des ventricules très élargie, la fréquence cardiaque chutant à vingt-cinq par minute ! La sonnerie d'alarme du scope s'enclencha. Marc bondit de son poste d'observation et, appelant à la rescousse Patricia et Germaine, se précipita dans la chambre de Brigitte, dont il vit immédiatement que le rythme cardiaque se ralentissait encore plus ne laissant apparaître sur le scope qu'un complexe ventriculaire toutes les quatre ou cinq secondes ! Il commanda à Patricia de préparer immédiatement une ampoule d'Isuprel pour relancer les contractions cardiaques, et entreprit sans plus tarder un massage cardiaque énergique à la patiente. Mais il remarqua en même temps que le débit de la perfusion était très accéléré, et s'adressant à nouveau à l'infirmière :

« Patricia, vous n'avez pas surveillé la perfusion de cette patiente ! Qu'est-ce que c'est que ce travail ! »

Patricia confuse, ne sachant pas où se mettre, comme quelqu'un qui se sent pris en flagrant délit d'une faute grave, s'exécuta immédiatement et ralentit le débit de la perfusion.

Marc poursuivait avec acharnement son massage cardiaque, alors que le respirateur exécutait toujours ses insufflations mécaniques sur un rythme que rien ne pouvait perturber.

Mais plus aucune activité cardiaque n'apparaissait au scope et l'injection d'Isuprel resta sans effet.

Bien qu'il n'ait pas observé de passage en fibrillation ventriculaire, Marc décida tout de même de pratiquer un choc électrique externe pour tenter de faire repartir de façon synchrone une activité électrique ventriculaire qui pourrait être désorganisée. Même s'il en doutait, il voulait en avoir le cœur net. Plusieurs chocs successifs furent exécutés, qui provoquaient à chaque fois une violente secousse de tout le corps de la jeune femme, qui semblait alors décoller de son lit.

Marc se sentait impuissant, et entre deux chocs questionna Patricia :

« Vous avez envoyé la prise de sang au labo ? Il leur faut combien de temps pour nous donner les résultats ? »

L'infirmière, que l'on entendait plus qui faisait profil bas, comme pétrifiée et accablée par cette scène dramatique, répondit d'une petite voix qui aurait voulu disparaître :

« On ne les aura pas avant un bon quart d'heure, monsieur. »

Marc avait repris le massage cardiaque sans plus d'effet. Le visage de la patiente s'était un peu défait, sans doute déjà en état de mort cérébrale.

Au bout de quelques minutes, sans doute à court d'espoir, il arrêta le massage et lâcha dépité :

« Et merde ! C'est fini. On ne peut plus rien faire. Mais pourquoi vouloir mourir en pleine jeunesse quand on a tout l'avenir devant soi ? Quel gâchis ! »

Puis il se reprit : « maintenant, il va falloir informer Henri et avertir ses parents. Patricia, Germaine, je vous laisse débrancher la patiente, et vous m'apporterez les résultats du labo, parce qu'il y a des choses que je n'ai pas comprises.

Patricia, vous êtes sûre de ne pas vous être trompée dans le dosage de chlorure de potassium à mettre dans la perfusion de glucosé ? »

Patricia, toujours aussi mal à l'aise, répondit :

« Oui monsieur. »

Marc poursuivit :

« Même avec une insuffisance rénale importante, on ne voit pas apparaître aussi vite une montée pathologique du potassium. »

Puis il quitta la pièce toujours poursuivi par cette incompréhension. Il se dirigea vers le téléphone et, malgré l'heure avancée, se décida à appeler chez lui le docteur Legall. La sonnerie retentit un bon moment. Henri avait probablement sombré dans un profond sommeil, mais on décrocha :

« Henri, c'est Marc. Je me permets de te rappeler. L'état de santé de Brigitte Verdier s'est brutalement dégradé... nous n'avons rien pu faire... »

Suivit un long silence, puis Henri répondit d'une voix éteinte et sombre :

« J'arrive... »

Les résultats du laboratoire étaient revenus et confirmaient le diagnostic d'hyperkaliémie avec au ionogramme un potassium supérieur à neuf millimoles par litre, le double de la normale, alors qu'était confirmée la dégradation de la fonction rénale, mais installée de façon trop tardive pour expliquer toute seule une montée si forte du potassium sanguin.

Henri arriva bientôt dans le service. Ayant peu dormi et n'ayant sans doute pas encore éliminé toutes ses vapeurs d'alcool, il avait le teint plombé, les traits tirés, les yeux rougis, la mine vraiment défaite. Il semblait avoir vieilli brutalement de plusieurs années. Sa jovialité et sa joie de vivre avaient disparu. Ce n'était plus le même homme. Il se dirigea directement vers la chambre de Brigitte.

Germaine venait de terminer avec application la toilette de la jeune défunte. Elle s'éclipsa discrètement à l'arrivée du médecin.

En pénétrant dans la chambre, il fut pris d'une véritable sidération. Il sentit son corps se vider de toute énergie vitale, ses jambes avaient du mal à le porter, et il se laissa choir sur une chaise au pied du lit, les yeux perdus dans une infinie hébétude. Il était anéanti et avait l'impression que sa vie s'arrêterait là et que plus rien n'aurait d'importance. Il ne put réprimer quelques sanglots.

Tout s'écroulait dans ce drame qu'il percevait comme particulièrement injuste et le privait d'une vie heureuse auprès de la femme de sa vie. Après plusieurs minutes, il se ressaisit et reprit progressivement ses esprits. Il alla à la rencontre de Marc pour qu'il l'informe de ce qui s'était réellement passé.

Son collègue de réa, se rendant compte de l'état dans lequel était son ami cardiologue, s'efforça de trouver le ton juste sans rien cacher :

« Elle est partie en quelques minutes avec des signes d'hyperkaliémie à l'électro, qui sont apparus très vite, entraînant en quelques minutes un bloc auriculo-ventriculaire complet et une asystolie impossible à récupérer. C'était foudroyant. Je n'ai jamais vu ça ! Et l'insuffisance rénale qui s'installait ne peut expliquer à elle seule une ascension si rapide et aussi importante de la kaliémie ! C'est pour moi une énigme, et je me suis même demandé si, lors de la préparation de la perfusion de glucosé, il n'y avait pas eu une erreur de manipulation dans l'addition des ampoules de potassium. Et en plus, j'ai découvert que la perfusion coulait à flots ! »

« Tu as interrogé l'infirmière ? » demanda Henri incrédule.

« Oui, elle est formelle, elle a écarté l'hypothèse d'une erreur de dosage. Tu connais Patricia, c'est une fille sérieuse d'une grande conscience professionnelle… » répondit Marc, qui poursuivit sa réflexion : « peut-être faudrait-il demander une autopsie pour tirer au clair les causes de ce départ brutal, trop rapide, bien que l'on sache qu'il y avait initialement une forte intoxication aux barbituriques ? »

Henri se raidit devant l'évocation de cette possibilité :

« Je ne vois pas ce que ça apporterait… laissons son corps tranquille. N'altérons pas la belle image que nous voulons conserver d'elle. »

Sentant bien que son collègue était très affecté par le décès de son interne, et ne pouvait imaginer une telle perspective, Marc corrigea tout de suite son propos :

« Pas de problème, Henri, effectivement ça ne s'impose pas. »

La nuit était bien avancée, mais la garde n'était pas encore terminée, et Marc fut appelé pour une nouvelle urgence.

Comme Henri s'apprêtait à repartir, Germaine Pelois s'approcha de lui :

« Docteur Legall, je voulais vous dire comme je suis triste pour cette si jeune et belle doctoresse. Nous nous connaissons depuis le temps où vous étiez interne ici, mais je ne sais pas si je dois vous le dire… quelque chose m'a intriguée. L'infirmière du service m'a semblé vouloir cacher quelque chose, comme si elle avait fait une erreur qu'elle ne voulait pas avouer. J'ai même remarqué que, peu de temps avant que mademoiselle Verdier fasse son arrêt cardiaque, elle était ressortie assez vite de sa chambre une seringue vide à la main. Mais je ne voudrais surtout pas faire naître des soupçons. »

« Merci Germaine, répondit Henri, mais quelle importance maintenant d'aller rechercher des responsabilités médicales hypothétiques et de vouloir raviver le spectre de l'erreur médicale, qui est la cause de tout ce qui est arrivé. Le destin voulait emporter la vie de cette pauvre Brigitte. »

Manifestement, encore bouleversé par cette incontrôlable et impensable succession de catastrophes qui s'étaient acharnée sur le sort de Brigitte, il n'avait pas bien compris le message qu'essayait de lui confier cette aide-soignante qui l'avait côtoyé quotidiennement dans ce service il y a trois ans, et qui le regardait maintenant presque comme un fils qu'elle voulait aider, ayant bien vu qu'il était malheureux.

Chapitre 7
Oublier

Henri était à son bureau et découvrait son courrier du matin.

Il lisait avec attention une lettre des parents de Brigitte qui le remerciaient d'avoir assisté aux obsèques de leur fille.

Il s'était rendu quinze jours auparavant à l'inhumation dans la famille de la défunte à plus de quatre cents kilomètres de son hôpital, seul représentant de son service et du CHU.

Il avait souhaité rencontrer les parents de Brigitte qu'il ne connaissait pas. Le père chercheur et la mère enseignante dans le secondaire avaient donné à leur fille une éducation de qualité comme on peut en trouver dans les familles de la petite bourgeoisie de province. Ils étaient apparus à Henri très dignes lors de la cérémonie, seulement désireux, très légitimement, de savoir pourquoi elle avait été amenée à vouloir mettre fin à ses jours. Ils ne recherchaient pas de coupable ou de bouc émissaire qui aurait pu pousser leur fille à cette extrémité. Ils la pleuraient simplement comme des parents aimants, qui savent bien que la vie peut réserver de mauvaises fortunes par la faillibilité des hommes et l'imprévisibilité des circonstances que nous pouvons rencontrer.

À aucun moment ils n'imaginaient mettre en cause la structure hospitalière et le corps médical dans la survenue du décès de leur fille.

Henri avait pu longuement s'entretenir avec eux et leur dire combien tous ses collègues de l'internat avaient été heureux de travailler avec elle et de trouver en elle une amie inestimable, qu'ils n'oublieraient jamais.

La lettre exprimait la reconnaissance des parents à l'égard du comportement d'Henri, qui avait su entourer leur fille de sa prévenance et de sa bienveillante attention dans ses premiers pas hospitaliers et dans les circonstances difficiles qu'elle avait rencontrées, comme Brigitte l'avait écrit à ses parents peu de temps avant sa disparition. Il représentait à leurs yeux tout ce qui pouvait désormais les relier au souvenir de leur fille médecin.

Pour ne pas sombrer dans l'obsession culpabilisatrice et la dépression, Henri s'était consacré, jours et nuits à son travail et s'était engagé dans la rédaction d'une publication scientifique, qui l'aiderait peut-être à s'évader de ses pensées morbides. Il sentait bien que pour se reconstruire, il serait obligé de se séparer du souvenir qui le liait si fort au destin tragique de Brigitte. Et pour que son image ne revienne pas constamment, il fallait rompre avec le théâtre du drame.

Il pensa un moment partir s'installer comme cardiologue libéral à l'autre bout de la France, et s'éloigner ainsi pour toujours des lieux qui raviveraient immanquablement la blessure de la perte de sa bien-aimée.

Il avait aussi reçu l'avant-veille une invitation à déjeuner dans le meilleur restaurant de la ville de la part du grand patron du service de médecine nucléaire de l'hôpital, qui avait été deux ans auparavant membre de son jury de thèse.

S'il l'invitait ainsi, c'est qu'il avait certainement quelque chose à lui demander ou à lui proposer. Ne serait-ce pas justement l'opportunité d'un changement d'orientation professionnelle qui l'aiderait à repartir dans l'oubli progressif du drame qu'il avait vécu ?

L'heure du repas de midi approchait. Henri n'aurait pas à rentrer chez lui pour se changer, car il portait habituellement dans le service avec sa blouse blanche une chemise ornée d'une cravate, qui serait du meilleur effet pour le professeur André Boulaire qui l'invitait.

En arrivant au restaurant, il fut surpris de constater que le chef de service était entouré de tout le staff de ses assistants et collaborateurs, ce qui laissa sans voix Henri qui ne s'y attendait pas. Il s'agissait d'impressionner son invité tout en lui montrant que tout l'encadrement du service partageait et se réjouissait de l'annonce qui allait lui être faite.

André Boulaire, la cinquantaine avancée était un homme qui inspirait la sympathie tout en dégageant une autorité naturelle que personne n'aurait pensé contester. Il mit Henri en confiance et proposa avant d'entamer le repas de sabrer le champagne. Il lui rappela avoir beaucoup apprécié son sujet de thèse, qui constituait une véritable étude de recherche clinique prospective sur « les effets de la stimulation cardiaque endocavitaire sur les temps systoliques chez le patient porteur d'un bloc de branche gauche complet à l'électrocardiogramme », pour laquelle il avait obtenu les félicitations du jury.

L'ayant mis en confiance, André Boulaire lui proposa de poursuivre son clinicat dans son service, car il avait besoin d'un cardiologue hospitalier pour développer un plateau technique d'épreuve d'effort au Thallium radioactif, activité encore balbutiante, mais qui semblait promise à un bel avenir. Cette proposition pouvait laisser entendre qu'il pourrait espérer être proposé à l'agrégation de médecine nucléaire par ce nouveau patron, au bout de quelques années, et prendre ensuite sa suite lors de son départ en retraite.

Henri était assez flatté de tant d'attention à son égard, qui lui permettait d'entrevoir d'ici quelques années un statut social particulièrement enviable. Il aurait bien sûr à se spécialiser dans cette nouvelle discipline, et cela lui demanderait certainement un surplus de travail et de nombreuses heures de recherche pour publier suffisamment.

Il découvrirait sans doute un changement d'orientation qui bousculerait ses habitudes et l'aiderait à passer à autre chose pour libérer plus facilement ses pensées des souvenirs pesants qui l'habitaient.

Cependant, il ne pourrait plus exercer la cardiologie de la même façon qu'il le faisait depuis plusieurs années. C'était aussi s'installer pour une longue carrière hospitalière dans cet hôpital qui lui rappellerait toujours le triste sort de Brigitte.

Le repas était excellent et quelques bonnes bouteilles avaient été ouvertes, comme s'il fallait déjà fêter l'arrivée d'Henri dans son nouveau service. Hésitant à se décider, il finit par demander au professeur Boulaire de lui accorder le temps de mûrir sa réflexion avant de lui donner sa réponse, tout en le remerciant de la confiance qu'il lui accordait.

Manifestement, au-delà des compétences professionnelles, c'est aussi la personnalité d'Henri qui plaisait au patron, avec un profil de travailleur sérieux, curieux de la nouveauté, réservé et équilibré dans ses appréciations, mais de bonne compagnie.

Le repas traîna un peu, et l'équipe du service qui s'efforçait de se montrer sous son meilleur jour avait contribué à rendre l'atmosphère chaleureuse, laissant imaginer une bonne ambiance dans les relations professionnelles au sein du service. Mais les consultations de l'après-midi qui approchaient ne souffraient pas d'attendre. Ils prirent donc congé dans les meilleurs termes, la bonne prestation hôtelière n'y étant pas totalement étrangère.

Revenant seul à l'hôpital d'un pas guilleret, Henri se rendit compte que son avenir se construirait, soit dans ce nouvel environnement qui lui était proposé, soit dans un départ de l'hôpital pour une installation lointaine en cardiologie libérale.

En pénétrant dans la cour du centre hospitalier, il croisa Patricia qui vint vers lui :

« Bonjour Henri, ça me fait plaisir de te revoir. Tu m'as l'air en pleine forme. »

« Je reviens d'un très bon repas à *"La table gourmande"* où j'étais invité par un patron », avoua Henri.

« Tu m'y inviteras aussi ? » répliqua Patricia cherchant manifestement à reprendre contact.

« Avec les beaux jours qui arrivent, j'ai plutôt envie de me balader sur mon bateau, que de m'enfermer au restaurant. »

« Tu ne m'as jamais invitée sur ton bateau… ce serait tellement sympa si tu m'invitais à naviguer un dimanche », osa Patricia.

« Bon, si tu veux… eh bien, faisons un pique-nique sur l'eau dimanche prochain », lui proposa Henri sans trop d'enthousiasme.

Patricia était radieuse et le gratifia d'un large sourire de contentement. Lui pensa en même temps qu'elle pourrait peut-être lui apporter des éclaircissements sur les éléments non expliqués du décès de son interne. Il était manifestement toujours sous l'emprise de cette soirée funeste, qu'il cherchait pourtant à oublier au prix d'un éloignement qu'il percevait de plus en plus nécessaire pour retrouver cet équilibre psychique et cette sérénité qui le faisaient avancer dans la vie depuis son plus jeune âge.

Chapitre 8
Courant traversier

La journée s'annonçait belle avec un clair soleil qui prodiguait déjà une température clémente pour cette fin de mois de mai. Une petite brise légère était annoncée, qui permettrait certainement de se déhaler des pontons et d'étaler le courant qui pourrait être fort à mi-marée par coefficient de quatre-vingt-quinze.

Henri possédait un coquet petit voilier côtier de sept mètres de long, particulièrement véloce dans les petits airs, avec lequel il aimait de temps en temps participer à des régates. En marin expérimenté, il sortait parfois en solo ce canot assez simple à régler. Pour les manœuvres de port, il se servait d'un petit moteur hors-bord de quatre chevaux, qui se trouvait en position relevé sur sa chaise à la poupe du bateau.

Henri, imaginant que Patricia ne savait sans doute pas naviguer, avait préparé le voilier. Les voiles étaient endraillées prêtes à être hissées.

Il avait amené à bord les éléments constitutifs d'un bon pique-nique, à base de charcuterie et fromages de pays. Il avait mis à barboter, dans un seau d'eau bien fraîche, une bouteille de champagne qui aurait le mérite de servir dignement d'apéritif. Il avait aussi prévu une bouteille de Saint-Émilion grand cru pour accompagner avec le meilleur goût la suite de cochonnailles, de fromages et même les deux belles tartes aux pommes prévues en dessert. Il était de ceux qui pensent que les relations humaines ne peuvent que bénéficier des bienfaits d'une cave de qualité.

Patricia arriva sur les pontons à l'heure prévue en ce milieu de matinée, dans une tenue plus printanière que maritime, qui mettait en valeur tous les charmes féminins dont elle savait si bien user à souhait. Il l'aida à monter à bord et lui dit qu'il allait tenter de quitter le ponton à la voile puisque le vent était faible et établi dans le nez du bateau. Il monta sa grand-voile en tête de mât, qu'il laissa battre le temps de désarrimer la coque du ponton et, donnant une petite impulsion à l'embarcation en regagnant son bord, permit à celle-ci de prendre un peu de vent. Dans la foulée le foc fut envoyé à la volée et bordé pour permettre de prendre un peu de vitesse sur cette mer plate à peine animée de quelques rides par un vent évanescent. Mais le courant en fin de la marée montante s'était nettement atténué et ne contrariait pas trop l'avancée du bateau. C'était vraiment un temps de demoiselle. Henri avait parfaitement choisi son jour pour cette balade en mer.

Le voilier s'éloignait doucement du port et, réglé au petit largue, accusait une discrète gîte, tout juste suffisante pour maintenir les voiles pleines de vent. L'étrave fendait lentement la mer, dégageant de simples rides à sa surface. La vitesse ne dépassait guère les deux nœuds. Et prenant en compte les aléas du vent, Henri se dirigea vers l'embouchure d'une rivière éloignée seulement de six milles nautiques, qu'il pourrait atteindre sur un seul bord d'ici deux à trois heures en début de marée descendante.

Les deux passagers n'échangeaient guère, se contentant d'écouter le ruissellement de l'eau le long de la coque et quelques cris de mouettes qui venaient rompre le silence apaisant de cette nature maritime qui les entourait.

Patricia se prélassait aux rayons du soleil qui inondaient l'embarcation, et put même se découvrir un peu, la force du vent apparent créée par la vitesse du bateau restant légère et ne rafraîchissant pas de façon significative sa température corporelle qui bénéficiait d'une pleine exposition.

Le bruit régulier du clapotis et la lente progression de l'embarcation, dont le doux balancement rythmait comme un métronome les sons ambiants, avaient des vertus assoupissantes.

Le skipper et sa coéquipière d'un jour appréciaient ce tempo qui invitait au relâchement corporel et psychique et à la songerie. Henri n'en restait pas moins attentif au bon réglage de ses voiles pour ne pas manquer de maintenir sa vitesse et son cap. Il repérait maintenant de vieilles ruines qui servaient d'amer à proximité de l'embouchure qu'il souhaitait atteindre.

Il reprenait par moments le cours de ses pensées, et s'il avait accepté d'emmener Patricia en balade, il souhaitait en profiter pour tirer au clair sa version sur les faits inexpliqués qui avaient émaillé la garde de réanimation le soir du tonus. Il cherchait par quels moyens il pourrait la faire parler sans éveiller ses soupçons pour qu'elle livre des explications susceptibles d'engager plus ou moins sa responsabilité.

Il avait prévu tous les ingrédients pour plonger Patricia dans une béatitude qui pourrait prendre en défaut une éventuelle ligne de défense.

Une risée inattendue et bienfaitrice approchait, se manifestant en irradiant le plan d'eau de très légères vaguelettes, qui atteignaient maintenant le voilier. Le vent réel était un peu monté vers six-sept nœuds, Henri borda légèrement ses voiles pour donner sa pleine vitesse à son petit quillard, qui flirtait désormais avec les quatre nœuds.

Ils approchaient de l'embouchure, et il se dirigea vers une anse où les fonds sableux remontaient, permettant un mouillage assez sûr par cinq à six mètres de fond à deux cents mètres du rivage. Après avoir affalé son foc, il se plaça bout au vent, grand-voile faseyante, et confiant la barre à Patricia, regagna l'étrave du bateau, d'où il put jeter l'ancre reliée à une vingtaine de mètres de chaîne de huit, dès qu'ils furent immobilisés. L'eau était transparente, d'un vert émeraude magnifique.

Après avoir affalé sa grand-voile, il proposa à son matelot de fêter cette belle traversée avec un verre de champagne.

Particulièrement séduite par le déroulement sans encombre de cette escapade nautique, et mise en confiance, elle demanda à son valeureux skipper si elle pouvait faire du topless pour profiter au mieux de l'excellent ensoleillement et pouvoir parfaire un bronzage qui n'épargnerait que ce que la pudeur bourgeoise ne peut livrer à un œil masculin.

Henri sourit et fit sauter le bouchon de la bouteille de champagne.

La risée s'était évanouie, laissant s'installer une mer d'huile, ce qui permit de poser les verres sans précaution sur un pont particulièrement stable.

Patricia, dont la sensualité commençait à être réveillée par ce bain de soleil généreux et la discrète griserie qui accompagnait les premières gorgées d'alcool, vint se coller à son capitaine, uniquement vêtue d'un bas de bikini, dont la coupe échancrée laissait apparaître les généreux arrondis d'une chute de rein qui ne manquerait pas de stimuler les instincts du cerveau reptilien de l'homme contre lequel elle cherchait du réconfort. Elle était en mode reconquête, et voulait rétablir avec lui une relation durable.

Henri en profita pour servir les cochonnailles alors que le niveau de la bouteille de champagne était déjà proche de l'étiage. Elle demanda à Henri de lui étaler sur toutes les parties du corps de la crème solaire, sans négliger ses plus beaux arrondis.

Après trois verres bus assez rapidement, sans trop avoir mangé avant, Patricia commençait à avoir l'œil un peu embué et riait pour un rien.

Henri tenta une approche du sujet qu'il gardait en tête :

« Heureusement que l'on n'ajoute pas autant de sel dans les perfusions qu'il y en a dans ces salaisons ! »

La ficelle était un peu grosse et il s'en rendit compte, mais Patricia acquiesça sans comprendre l'allusion. Il poursuivit plus directement, mais sans donner l'impression de vouloir la pousser dans ses retranchements :

« Quand je pense au soir du Tonus, Marc Legrand m'avait fait part de son incompréhension sur la précipitation de la dégradation de l'état de santé de la petite Verdier. Il pensait qu'on ne pouvait pas écarter une erreur dans la préparation du soluté de glucosé pour expliquer la montée très rapide du potassium… »

Patricia, surprise par le sujet abordé, rétorqua :

« Tu es encore à te torturer avec cette histoire. Tu sais bien qu'elle était condamnée. Qu'il y ait eu un peu plus ou un peu moins de potassium dans la perfusion n'aurait rien changé au final ! »

Alors qu'il lui présentait un bel assortiment de fromages et que la bouteille de Saint-Émilion grand cru avait déjà subi leurs assauts, il insista :

« Mais tout de même, si tu as fait une erreur de dosage, personne ne t'en voudra. Et ça permettrait de lever un mystère et de clore cette affaire. »

Patricia sembla un moment soupeser les termes de la proposition. Elle était à son deuxième verre de vin rouge et manifestement elle ne raisonnait plus avec la même vivacité qu'on lui connaissait habituellement :

« Si tu me dis que je n'ai rien à craindre… je veux bien reconnaître que j'ai peut-être mis une ampoule ou deux de chlorure de potassium en trop dans la perf… »

Henri avait réussi à lui faire avouer qu'elle avait fait une erreur dans la préparation du soluté, et il enchaîna prudemment :

« Mais une ou deux ampoules de plus ne peuvent expliquer une telle augmentation brutale de la kaliémie. »

Patricia trouva qu'il poussait un peu loin ce qui prenait la tournure d'un interrogatoire, et tenta de se justifier plus ou moins adroitement :

« Je crois que j'avais poussé à fond le débit de la perfusion parce que le chef avait dit qu'elle était en hypovolémie et qu'il fallait la remplir. »

Bien que déjà dans une ébriété avancée, elle avait su esquiver assez habilement la question embarrassante d'Henri en recherchant une réponse de bon sens. Mais en réalité elle s'enfonçait et Henri l'acculait dans ses derniers retranchements, se rendant compte qu'elle s'était au minimum rendue coupable d'une faute professionnelle.

Il était consterné par ce qu'il venait d'entendre et il hésitait à poser une nouvelle question. Il se sentit bloqué dans sa recherche de la vérité, craignant de découvrir chez Patricia une volonté délibérée d'attenter à la santé de Brigitte.

Sa passagère était descendue dans la cabine à la découverte d'un univers qu'elle ne connaissait pas :

« C'est sympa chez toi. Est-ce que tu peux me faire découvrir ton petit intérieur ? » lui dit-elle, cherchant à l'attirer.

L'espace n'était pas très vaste et le barrotage assez bas ne permettait pas de se tenir debout. Deux couchettes-cercueils s'enfonçaient à l'arrière, alors qu'en arrière du pied de mât étaient installés, à tribord un réchaud et quelques rangements, et à bâbord une table à carte sur laquelle reposaient quelques cartes marines, une règle Cras et un compas de relèvement Mini-Morin, et au-dessus de laquelle siégeaient une VHF, une radio marine, et l'indispensable baromètre. L'avant servait de soute à voiles.

Elle se saisit de deux à trois d'entre elles qu'elle amena au milieu de la cabine comme pour aménager une couche douillette sur laquelle elle se laissa tomber entraînant dans sa chute Henri qui se retrouva allongé sur cette femme qui voulait sans plus attendre profiter de son corps.

Dans cette position il comprit vite qu'il serait difficile de se dérober, d'autant que le contact du corps dénudé et impatient de

Patricia, qui avait entrepris de l'enlacer, commençait à le troubler. Il ressentait cette irrésistible montée d'une libido que plus rien ne peut arrêter. Une tension intense et voluptueuse le gagnait, transformant avantageusement la morphologie de son appareil génital.

Elle commença à le déshabiller alors qu'elle avait déjà ôté le bas de son bikini. Il se sentait condamné à la satisfaire sexuellement maintenant que son organe viril avait acquis des proportions témoignant d'une forte stimulation érogène.

Il n'en pouvait plus, et se jetant sur elle, il secoua violemment ce corps qui s'offrait sans retenue dans un emballement coïtal saccadé qui transporta sa partenaire au firmament de la jouissance. Elle poussa quelques cris quand il s'abandonna totalement. Ils mirent quelques minutes à reprendre leurs esprits, et comme elle se blottissait sur sa poitrine, il se surprit à lui dire :

« Tu serais capable de tuer pour me conserver près de toi ? »

« Je ferais n'importe quoi pour toi… » avoua-t-elle.

« Et tu percevais mon interne comme une rivale ? » poursuivit-il.

« Bien sûr, ajouta-t-elle, tu as vu le canon que c'était. N'importe quel homme normalement constitué ne pouvait que succomber à ses charmes. »

« Tu avais donc dans l'idée de l'écarter de mon chemin ? » surenchérit-il.

« Nous n'étions pas à armes égales. Elle avait fait comme toi les mêmes grandes études qui vous rapprochaient. Moi je ne suis qu'une exécutante. Je n'appartiens pas à votre classe sociale et mes seules armes sont mes charmes et le plaisir que je peux procurer aux hommes. »

« Tu as donc voulu t'assurer que, malgré le caractère désespéré de son état, elle ne reviendrait pas à la vie », insista-t-il à nouveau.

Voulant minimiser son implication, elle reprit :

« Ça m'a traversé l'esprit, mais après j'ai agi sans réfléchir, sans calcul, sans le vouloir vraiment… »

Poursuivant son raisonnement dans une logique froide, il ajouta :

« Tu t'es ainsi saisi de plusieurs ampoules de KCl que tu as injectées dans la perfusion sans savoir à partir de combien ça devenait létal ! »

« Oui, c'est ça, c'était moins un geste intentionnel, qu'une rage de femme blessée, qui se vengeait sans calcul véritable. »

C'en était trop, elle avait confessé ce qu'il ne voulait pas imaginer, mais souhaitait pourtant savoir. Il était abasourdi de cette révélation, de ce qui pouvait être qualifié de crime, et l'avait privé de la femme de sa vie. Un profond dégoût l'envahit et il se dégagea de Patricia, qui commençait à se demander si elle n'en avait pas trop dit :

« Tu sais, c'était un geste de colère, mais sans véritable intention de lui nuire… »

Il était trop tard, tout s'enchaînait dans les pensées d'Henri qui regagnait le cockpit. Elle avait dû au moins ajouter une dizaine d'ampoules de potassium et accélérer au maximum le débit de la perfusion pour que l'effet délétère soit aussi brutal, et comme infirmière elle savait bien le danger majeur que représentait un apport si massif de cet ion.

Le scénario du pire, qu'il avait longtemps refusé d'envisager, s'était finalement réalisé avec Patricia comme acteur principal, qu'il voyait désormais comme un monstre sans pitié. Il n'osait plus la regarder ni s'adresser à elle.

Elle venait de signer leur rupture définitive !

Elle ressortit de la cabine en petite tenue, soucieuse de l'effet qu'avaient pu produire ses aveux sur Henri. Cet échange, qu'elle n'avait pas maîtrisé, l'avait un peu dégrisée.

Elle tenta de se rapprocher de lui, mais il se détourna sans un mot, encore accablé par les déclarations de sa partenaire.

« Et si on se baignait, dit-elle, il fait chaud et on a besoin de reprendre nos esprits. »

Henri l'en dissuada aussitôt :

« Nous sommes à mi-marée de vives eaux, et il y a un fort courant de jusant. Tu n'as qu'à voir comme le bateau tire sur son mouillage alors qu'il y a peu de vent. Et puis l'eau doit être encore un peu fraîche et nous avons bu plus que de mesure… »

À peine avait-il émis cet avertissement, que Patricia, en tenue d'Eve, s'élança jusqu'à la poupe du voilier pour se jeter à l'eau dans un magnifique plongeon !

Elle réapparut radieuse à la surface :

« Tu devrais venir me rejoindre. Elle est vraiment bonne une fois qu'on est dedans ! »

Henri ne répondit pas. Il se sentait perdu dans l'histoire qu'il vivait au présent, réalisant bien malgré lui qu'il était le témoin d'une affreuse tragédie qui avait conduit son ancienne maîtresse à devenir un assassin pour préserver leur couple. Rien ne pouvait excuser le comportement de Patricia et ces aveux à peine dissimulés mettaient Henri dans une situation inextricable. Allait-il dénoncer sa partenaire aux autorités judiciaires, ou taire ce qu'il venait d'apprendre, au risque d'injurier la mémoire de Brigitte ?

Il rechercha du regard Patricia qui nageait tranquillement en toute insouciance. Il remarqua tout de suite qu'elle s'éloignait assez rapidement du bateau, entraînée par le courant de la marée descendante, qui dépassait sûrement les deux nœuds. Elle ne se rendait pas compte du danger et Henri la héla :

« Patricia ! Il faut que tu reviennes au bateau. Le courant t'entraîne vers le large. Nage de toutes tes forces, tout de suite ! »

Elle obéit immédiatement à l'injonction de son chéri et se mit à entamer un crawl rapide en direction de l'embarcation.

Mais elle se trouvait déjà à plus d'une cinquantaine de mètres et elle n'arrivait pas à vaincre le courant, pire elle continuait à s'éloigner progressivement, sous les yeux inquiets, mais indécis d'Henri. Elle se rendit vite compte qu'elle ne pourrait pas revenir toute seule à bord, et déjà éloignée d'une centaine de mètres, elle se mit à crier :

« Henri ! Au secours ! Viens me chercher, je n'y arrive pas… »

Il comprit que, bien que coupable d'un crime atroce, il ne pouvait cependant pas la laisser se noyer sous ses yeux. Se retrouver coupable de non-assistance à personne en danger était une perspective inacceptable pour un médecin qui se doit de soigner n'importe quel patient, quel que soit sa moralité ou son passé.

Il décida de démarrer le moteur pour aller lui porter secours. Il fit basculer le hors-bord sur sa chaise pour le descendre dans l'eau. Il tira sur la cordelette du démarreur nerveusement à plusieurs reprises, mais rien ne vint. Il s'en voulut alors de ne pas avoir essayé de démarrer le moteur ce matin avant de quitter le port. Il regarda dans le sillage du bateau, et il vit que Patricia était déjà entraînée à plusieurs centaines de mètres, luttant désespérément contre ce courant de vives-eaux surpuissant. Il la voyait appeler à l'aide, s'éloignant inexorablement, mais il ne percevait pratiquement plus le son de sa voix. Il eut l'impression qu'elle s'éloignait de la vie pour plonger dans les ténèbres de l'Hadès. Un voile nuageux vint couvrir le soleil et fit disparaître la luminosité du plan d'eau, lequel apparut plus sombre et inquiétant.

Ne pouvant démarrer son moteur hors-bord, il fallait tenter de la rejoindre à la voile, malgré la faiblesse du vent. Mais avant de s'y résoudre, il décida d'alerter les autorités portuaires. Il se saisit de sa VHF et contacta sur le canal 9 la capitainerie du port pour appeler les secours.

Puis il renvoya rapidement sa grand-voile en tête de mât, remonta aussi vite qu'il le put son ancre, et tenta avec le génois de prendre un peu de vitesse. Il guetta l'horizon dans la direction où Patricia avait été emportée vers le large. Il avait du mal à la repérer tant elle était loin maintenant.

Il lui sembla repérer une tête à la surface de l'eau, mais il n'en était pas sûr. Il se laissa cependant déhaler par le courant sans que la faible prise du vent sur ses voiles lui soit d'un grand secours.

Henri était paniqué à l'idée de la perdre de façon si tragique alors qu'il la considérait dans le même temps comme une affreuse empoisonneuse. Mais ce serait à la justice de fixer son sort. Elle ne méritait cependant pas une mort qu'on laisserait advenir sans réagir.

Mais l'inquiétude d'Henri ne cessait de monter au fil des minutes qui défilaient, alors qu'il ne voyait plus sa passagère. Avait-elle déjà coulé, ou se débattait-elle encore au sein de ces flots tumultueux ?

Henri entendit un appel à la VHF sur le canal seize, relayant son « Mayday » à l'intention de tous les plaisanciers sur zone.

La vedette de la Société Nationale de Sauvetage en Mer, qui avait été mise en alerte, l'appela pour lui demander des précisions sur sa position.

Le voilier d'Henri n'était pas équipé du dernier positionneur sorti sur le marché. Sans Decca, il ne put que donner une position à l'estime :

« La naufragée, Patricia Chaland, est à l'eau depuis près d'une demi-heure. Nous étions au pied des ruines à l'entrée de l'embouchure, et elle a été entraînée vers le large par un fort courant de jusant, peut-être deux à trois nœuds. Elle a dû déjà parcourir au moins un mille. »

« Merci capitaine, reprit le patron de la vedette, nous arriverons sur zone d'ici un quart d'heure, j'espère. Tenez-nous au courant si vous avez d'autres éléments à nous communiquer. »

« Je n'y manquerai pas, je reste en veille sur le canal 16 », conclut-il.

Le temps continuait à se couvrir et la température avait notablement chuté. Henri ressentit le besoin de se couvrir de sa polaire. Il scrutait toujours l'horizon et s'était muni de sa paire de jumelles pour s'aider en cas de doute quand il croyait apercevoir quelque chose au lointain.

Il se demanda un instant si son interrogatoire sans ménagement de Patricia n'avait pas poussé celle-ci à se jeter à l'eau pour échapper momentanément à cette inquisition qui mettait à nu un aspect sombre de sa personnalité.

Mais le temps passait et la journée était maintenant bien avancée. La luminosité commençait à décliner et il ne fallait pas tarder à retrouver Patricia, d'autant que la température de l'eau ne permettait pas une survie prolongée dans ce milieu hostile.

Il aperçut la vedette de la SNSM qui s'approchait de lui. Quand les sauveteurs en mer furent à portée de voix, ils lui dirent :

« Nous n'avons rien repéré jusqu'à présent. Nous allons poursuivre nos recherches dans le lit du courant jusqu'à la nuit. Si vous pensez apercevoir la naufragée, prévenez-nous. Nous allons beaucoup plus vite que vous ! »

« Merci, elle ne peut pas être bien loin ! »

Mais il n'y croyait plus trop. Et après tout, le souhaitait-il vraiment ? N'était-ce pas la destinée de Patricia de subir la sanction d'une justice immanente, ce qui éviterait à Henri de devoir la dénoncer à son retour aux autorités judiciaires ?

Cependant il ne manquait pas de se donner toutes les chances de la retrouver en scrutant sans interruption le plan d'eau, qui probablement renfermait déjà pour toujours les lourds secrets que Patricia lui avait livrés.

Il continua encore à sillonner la baie pendant de longues heures, la marée commençant maintenant à remonter et le courant à s'inverser. Il n'avait vraiment plus aucun espoir de la retrouver et aucun des bateaux qui participaient aux recherches n'envoyait de nouvelles sur les ondes. Certains d'entre eux commençaient à rentrer au port. Henri se rendait compte qu'il ne serait plus d'aucune utilité dans les recherches dès que la nuit serait tombée, car il ne disposait à bord que d'une petite lampe torche dont la portée était dérisoire comparée au puissant projecteur de la vedette de la SNSM.

Accablé par son impuissance et la triste réalité à laquelle il devait se résoudre, voyant qu'il ne serait plus d'aucun secours, il se décida à contrecœur à prendre la direction du port, qu'il n'atteindrait de toute façon pas avant la nuit, compte tenu de la faible vitesse à laquelle il avançait.

La nuit était effectivement tombée quand son voilier regagna enfin le ponton. À peine l'avait-il amarré qu'il fut surpris de voir s'approcher plusieurs journalistes qui l'assaillirent rapidement de questions. Ils voulaient savoir les raisons de la disparition de la naufragée, dans quelles circonstances elle était tombée à l'eau, pourquoi il n'avait pas pu la récupérer…

Toutes ces questions étaient posées sans ménagement ou de manière insidieuse, au point qu'Henri se sentit presque obligé par moments de se justifier pour éviter tout commentaire suspicieux. Il finit par se dégager de cette meute qui cherchait à couvrir un fait divers, qu'ils voulaient rendre par tous les moyens exceptionnel. Il leur fallait un scoop, du sensationnel !

Il n'avait pas encore quitté le ponton, qu'une silhouette se détacha de la pénombre : un homme de la quarantaine, grand, brun, d'abord réservé, s'adressa poliment à lui :

« Je suis l'inspecteur Le Reun, vous êtes le docteur Legall ? »

« Oui, c'est moi », répondit Henri étonné.

« Il faudrait que vous passiez demain matin au commissariat central pour faire une déposition concernant la disparition de Patricia Chaland qui vous accompagnait en mer. »

Surpris par cette demande qu'il n'avait pas imaginée, Henri acquiesça : « Oui bien sûr, je n'y manquerai pas. Avez-vous pu prévenir ses proches de sa disparition, et avez-vous des nouvelles des recherches de la vedette de la SNSM ou d'autres navires ? »

« Les parents sont prévenus et les recherches vont sans doute se poursuivre encore une heure ou deux, mais malheureusement sans grand espoir de retrouver la naufragée », répondit avec précaution l'inspecteur.

« Oui, hélas, cela fait plus de sept heures maintenant qu'elle se trouve dans une eau qui ne doit pas dépasser les seize degrés… » poursuivit Henri la mine dépitée.

« Docteur, on vous préviendra s'il y a du nouveau. On se voit demain matin, bonsoir », conclut l'inspecteur en le quittant.

Henri prit sa voiture et regagna machinalement son domicile, comme hébété par ce qui venait de s'abattre sur lui. Déboussolé par la succession des événements, il se prépara en arrivant un petit en-cas et se servit une bonne bière d'abbaye. Allumant son poste de télévision pour tenter de se sortir de cet état, il tomba sur le journal d'information de la nuit d'Antenne 2. Il entendit stupéfait le présentateur annoncer les dernières nouvelles :

« Une plaisancière tombée à l'eau en début d'après-midi est toujours portée disparue. Les recherches en mer, toujours en cours, n'ont encore rien donné… »

Suivaient un petit reportage filmé sur le port en début de soirée, avant la nuit et son arrivée au ponton. Heureusement, il n'apparaissait donc pas visuellement, mais son nom était cité comme celui de Patricia, et les commentaires laissaient planer plusieurs interrogations sur le déroulement de cette tragédie et les responsabilités éventuelles qui pourraient être engagées.

Chapitre 9
Déposition

Malgré la fatigue et la tension accumulées, Henri avait eu du mal à s'endormir. Il prenait sans se presser son petit déjeuner, à nouveau préoccupé par la disparition de Patricia et se demandant en quoi pourrait bien consister la déposition à laquelle il se préparait avec un brin d'inquiétude.

Il se présenta au commissariat vers dix heures, et l'inspecteur Le Reun, qui l'attendait, marqua une certaine impatience :

« Nous pensions que vous viendriez plus tôt à cette convocation. J'aurais dû vous préciser une heure. »

« Je suis à votre disposition inspecteur », répondit Henri pour faire preuve de bonne volonté.

« Nous venons d'apprendre par une brigade de gendarmerie d'une commune littorale proche que le corps nu de mademoiselle Patricia Chaland a été retrouvé ce matin vers huit heures échoué sur une plage éloignée du port d'une quinzaine de kilomètres. Les forts coefficients de marée actuels peuvent très bien expliquer la distance parcourue par la victime par rapport à son point de chute à l'eau. Il nous faut maintenant déterminer si son décès est bien survenu par noyade. »

Henri, manifestement affecté par la nouvelle, même s'il s'y attendait, répondit benoîtement :

« Mais inspecteur, comment pourrait s'expliquer son décès en dehors de la noyade ? »

L'inspecteur Le Reun, ne laissant percer aucune émotion, expliqua en vrai professionnel :

« Docteur, c'est l'autopsie que nous allons demander, qui nous dira si elle est morte par noyade, ou si la mort est intervenue avant qu'elle ne tombe à l'eau. »

C'était d'une implacable logique, à laquelle Henri, en tant que médecin, aurait dû penser. Un peu perturbé par la tournure de l'échange, et avec la bonne foi un peu naïve de celui qui sait comment ça s'est passé, il affirma :

« Mais inspecteur, nous étions tous les deux sur mon voilier, au mouillage. Nous avions fait un pique-nique un peu arrosé dans une parfaite ambiance, à ce point que nous avons même passé un moment ensemble dans la cabine pour faire une petite sieste amoureuse. Ce n'est qu'après que je n'ai pas compris pourquoi elle s'est jetée à l'eau, voulant absolument se baigner par cette chaude après-midi, alors que je venais de l'en dissuader fermement, lui indiquant les forts courants de jusant qui risquaient de l'éloigner du bateau, et aussi la température fraîche de l'eau et sa consommation d'alcool… »

« Ne vous inquiétez pas docteur, l'interrompit l'inspecteur, votre version des faits va être retranscrite dans ses moindres détails, mais nous avons l'obligation d'envisager tous les scénarios possibles pour que la vérité sur le déroulement des faits puisse être établie avec certitude. »

Un peu déstabilisé par la rigidité de la procédure, à laquelle il ne s'attendait pas, il commençait à percevoir, qu'à travers la possible remise en cause de son exposé des faits, un inimaginable sentiment de culpabilité pourrait le gagner. Il se reprit :

« Dites-moi inspecteur ce que vous voulez savoir. »

« Plusieurs questions restent en suspens », affirma celui-ci. « Admettons que mademoiselle Chaland se soit volontairement jetée à l'eau. Comment se fait-il que vous n'ayez pas pu la faire remonter à bord rapidement, que votre moteur ne marchait pas, alors que vous aviez décidé de mouiller proche d'une embouchure où les courants sont rapidement importants, surtout un jour de fort coefficient ? »

« J'ignorais que le moteur ne démarrerait pas, commença à argumenter Henri, mais il est vrai que je n'étais pas sorti en mer depuis plusieurs semaines. J'aurais sans doute dû essayer de le démarrer avant de quitter le port, mais l'ambiance était joyeuse et la petite brise du matin permettait de quitter le ponton à la voile sans encombre. Après, il n'est pas interdit de se mettre au mouillage par fort coefficient de marée. Par contre cela rendait la baignade dangereuse, et c'est bien pour cela que j'en avais dissuadé Patricia. Mais elle ne m'a pas écouté et m'a surpris en plongeant à l'improviste. Enfin, comble de malchance, il y avait très peu de vent, ce qui rendait presque impossibles mes chances de la rattraper à la voile ! »

« Bon, je veux bien, mais tout de même vous avez mis beaucoup de temps avant de renvoyer vos voiles ! Quand le capitaine de la vedette de la SNSM vous a interrogé sur votre position, vous lui avez bien répondu que cela faisait presque une demi-heure qu'elle était tombée à l'eau… » insista l'inspecteur.

« Il y a une raison simple à cela, se défendit Henri, j'étais à portée VHF du port sur le canal 9. En prévenant la capitainerie, j'étais sûr que mon appel de détresse serait relayé rapidement à la SNSM et sur le canal 16, ce qui me permettait de partir plus rapidement à la voile sans avoir à me soucier de lancer un Mayday moi-même. Par contre, j'imagine qu'il a fallu un certain délai au canot de la SNSM pour rassembler son équipage et partir en mer. C'est principalement ce qui explique la demi-heure de battement. Ainsi mon voilier était déjà sous voiles, peut-être cinq à six minutes après le plongeon de Patricia, le temps d'essayer de démarrer le moteur, d'appeler les secours et de remonter l'ancre. Je pense que je n'ai pas du tout perdu de temps ! »

La démonstration était claire et l'inspecteur acquiesça.

Cependant Henri commençait à se demander si son interrogateur ne le soupçonnait pas d'avoir volontairement entraîné la victime dans un lieu parcouru de courants violents et d'avoir profité de la méconnaissance des dangers marins de sa passagère pour la laisser se baigner.

D'ailleurs, la question suivante le conforta dans cette idée :

« Quels étaient vos rapports avec la défunte ? Aviez-vous déjà une relation ? Il n'y avait aucun différend entre vous ? »

Henri se sentit pour la première fois bloqué dans sa réponse. Devait-il mentir pour n'éveiller aucun soupçon ?

« Nous sortions ensemble depuis plusieurs mois, et j'étais son amant. Nous travaillions dans deux services hospitaliers différents et il n'y avait donc aucun rapport de hiérarchie entre nous. Nous nous retrouvions uniquement pour passer du bon temps. »

« Bon… » admit l'inspecteur Le Reun, sans vouloir pousser plus loin un interrogatoire, que le docteur Legall aurait pu considérer comme suspicieux. Cependant, souhaitant sans doute disposer d'éléments factuels pour conforter ses impressions, il poursuivit :

« Pourrions-nous faire un tour au port pour voir votre voilier ? »

La demande imposait une réponse positive qu'Henri donna en précisant :

« Oui, bien sûr. Il n'est d'ailleurs pas rangé depuis hier soir. Je l'ai laissé en l'état sans toucher à nos affaires. »

Ils se rendirent donc sur le port. Une demi-heure plus tard, ils montaient sur le bateau. Henri ouvrit la cabine, qui apparut telle qu'il l'avait laissée. L'inspecteur releva les vêtements de Patricia en partie éparpillés sur les sacs à voile qui avaient servi de couche aux amoureux.

Il s'intéressa rapidement au moteur hors-bord et demanda à Henri de le démarrer. Celui-ci fut gagné subitement par une inquiétude : et si le moteur démarrait cette fois ! Tout le déroulé des faits, qu'il avait expliqué dans le détail, tomberait d'un coup ! L'inspecteur penserait aussitôt qu'il avait feint d'avoir essayé de le démarrer pour mieux rendre crédible tout le retard pris pour tenter de repêcher sa compagne. Il bascula la chaise de support du moteur, dont l'arbre d'hélice plongea dans l'eau. Il ouvrit l'arrivée d'essence, et brutalement un doute l'assaillit : l'avait-il bien ouverte hier dans la panique ? Une sueur froide le saisit comme il tentait de se rassurer. Enfin, il se décida à tirer sur la cordelette du démarreur… et à son grand soulagement le moteur resta muet.

L'inspecteur intervint :

« Allez-y encore plusieurs fois énergiquement, docteur, comme vous l'avez sans doute fait hier. »

Henri tira une deuxième, puis une troisième fois sur la cordelette, mais le moteur ne voulait toujours pas s'ébranler.

Alors qu'il semblait se satisfaire de cette série infructueuse, l'inspecteur l'encouragea à poursuivre son effort :

« Vous avez bien dû insister davantage hier, avant de renoncer… »

Henri, qui était au supplice, se dit que par malchance, à force d'insister, le moteur allait peut-être finalement démarrer, ruinant toute sa ligne de défense. Il s'y reprit plusieurs fois sans plus de succès, mais avec un réel contentement. L'inspecteur finit par convenir que la version du skipper se vérifiait :

« Bon docteur, je vous demanderai de repasser cet après-midi au commissariat pour signer votre déposition. Nous attendrons ensuite les résultats de l'autopsie. La suite de la procédure dépendra de la décision que prendra le procureur de la République au vu des éléments que nous lui aurons fournis. D'ici là, je vous demanderai de ne pas vous éloigner de la ville pour rester à la disposition de la justice. »

Chapitre 10
L'échappée

Henri était rentré chez lui de son travail plus tôt que d'habitude. Il se sentait un peu moins concerné par ses occupations hospitalières, préoccupé par cette attente pesante des résultats de l'autopsie, et au-delà de l'ouverture d'une éventuelle information judiciaire. Il ne voyait cependant pas ce qui pourrait incriminer une part de sa responsabilité, si ce n'est sa négligence dans l'impréparation matérielle de sa balade nautique. Mais ce qu'il regrettait le plus, c'était ce qu'il percevait rétrospectivement comme son manque de réactivité et de présence auprès de Brigitte au moment où elle perdait pied face à sa responsabilité dans le décès du jeune rom.

Il attendait impatiemment depuis deux jours des nouvelles de la police judiciaire, et lorsqu'enfin au bout du fil, il reconnut la voix de l'inspecteur Le Reun, son cœur manqua un battement : délivrance ou début d'ennuis judiciaires à perte de vue ?

« Bonsoir docteur, c'est l'inspecteur, je reviens vers vous pour vous annoncer que l'autopsie de Patricia Chaland a bien confirmé le décès par noyade. Il n'a été retrouvé sur son corps, aucune blessure ou ecchymose qui aurait pu survenir avant le décès. Compte tenu de ces éléments, et de la version des faits que vous nous avez fournie, monsieur le procureur de la République n'entend pas donner de suite à cette mort qu'il qualifie d'accidentelle. »

Ayant remercié l'inspecteur de l'avoir prévenu de ces informations rassurantes qui le lavaient de tout soupçon, Henri ressentit un vrai soulagement, même s'il ne pouvait imaginer une autre issue à ce drame dont il avait été un acteur central.

Si toute responsabilité pénale était maintenant écartée, son ressenti psychique de ces événements dramatiques restait désormais au cœur de sa réflexion. En quelques semaines, il était passé d'une vie tranquille rythmée uniquement par une activité professionnelle prenante et épanouissante, qui absorbait tout son temps et sa concentration, à une succession en cascade, aussi imprévisible que déroutante, de trois événements morbides dramatiques dont il s'était retrouvé bien malgré lui le spectateur impuissant. Une femme qu'il avait charnellement aimée et une femme à qui il voulait consacrer toute sa vie étaient mortes sous ses yeux dans un scénario du pire qu'il n'aurait jamais pu imaginer.

Il était sous l'emprise d'une souffrance, que le hasard de la vie peut réserver sans prévenir, même aux plus belles âmes.

Était-il armé pour surmonter ce double deuil, qui avait fait naître d'intenses émotions au plus profond de son être ?

Henri alla se servir un verre d'un bon whisky de quinze ans d'âge un peu tourbé, de ceux que l'on déguste lentement pour leur propension à faciliter une réflexion sérieuse et approfondie. Il compléta sa mise en condition par le choix d'un disque d'opéra de Mozart, « *La Flûte enchantée* », dont les solos de basse, en particulier, pouvaient le transporter dans un autre monde, celui d'une transcendance portée par la beauté et la perfection.

Passant devant la glace de son salon, il s'arrêta un instant et contempla son image comme pour y rechercher quelque chose qu'il ne connaissait pas de lui. Bien que n'ayant bu que deux gorgées de son nectar écossais, il eut l'impression furtive que dans le miroir il était encadré de l'image estompée et déjà un peu lointaine de Brigitte et Patricia. Les âmes de ces deux femmes devaient-elles le poursuivre toute son existence ? Son incapacité à protéger Brigitte quand elle n'allait pas bien, et sa tentation d'abandonner Patricia à son triste sort étaient ressenties comme un double trauma qu'il serait difficile de guérir. Cette part d'ombre, faite d'une passivité ressentie comme coupable et du désir résurgent, mais non assumé de vengeance, lui apparut comme la figure même du mal qu'il lui faudrait extirper de lui-même.

Il avait à trouver le sens caché de ces expériences vécues.

Après tant de déchirures, il voulait se poser pour mettre son esprit au clair et prendre le temps d'une réflexion pour savoir de quel pied repartir.

Il se laissa choir dans un fauteuil pour laisser courir son esprit au rythme de cette musique profonde et inspirante qui baignait la pièce.

Il pensa d'abord qu'il fallait éloigner de sa mémoire ces moments qui l'avaient rendu malheureux. Il sentait comme un impératif de se détacher des souvenirs douloureux qui pourraient entacher le développement de sa personnalité psychique et entraver toute volonté de se libérer de cette blessure originelle. Pour échapper au chagrin, aux regrets éternels, et éviter de se lamenter, voire de se mortifier, il lui fallait contrôler ses émotions et s'en détacher. Il ne fallait pas qu'il se laisse abattre. Il devait retrouver l'énergie et la volonté qui seuls lui permettraient de surmonter son deuil.

Il en déduisit qu'il était indispensable qu'il ne reste pas enfermé dans ce milieu hospitalier, cet espace et ce temps, qui l'avaient figé dans ce désarroi, qu'il ne finisse pas par s'emprisonner dans la toile du destin, ce tissu inextricable de circonstances qu'il n'avait pas voulues et dont il ne saurait s'extirper.

Comment réveiller en lui ce goût de vivre et d'avancer qui lui avait jusqu'alors permis de trouver la place qu'il s'était bâtie dans cette société qui ne vous laisse rien gagner sans effort. Était-il capable de se relever ?

Trouvant que le whisky, sur ce fond musical sublime, l'inspirait, il se servit un deuxième verre, sans quitter son raisonnement introspectif.

Ayant pris conscience de ses faiblesses et de sa vulnérabilité, il se sentait apte à s'accepter tel qu'il était. Il se dit ainsi que devenir ce que l'on est, accomplir sa destinée, c'est le fait de devenir conforme à ce modèle inscrit en nous dès les premiers âges de la vie, nous interdisant de nous mentir à nous-mêmes.

Le sens profond de sa vie, c'était de la vivre, non de l'esquiver ! Il n'était pas question de rester prisonnier des circonstances en se jouant un rôle à soi-même, car les certitudes que l'on conserve sur soi peuvent constituer un obstacle à une authentique réalisation individuelle. Il fallait accepter les choses telles qu'elles sont, et c'est en passant par cette acceptation préalable qu'il pourrait se retrouver lui-même.

Ainsi ces épreuves pourraient l'aider à se reconstruire en rassemblant les éléments de sa psyché, qui sous le coup de cette vive émotion se retrouvaient épars, pour une remise en ordre dans une complétude salvatrice et rédemptrice.

Il était convaincu que le corps doit payer sa part pour atteindre à cette plénitude, et pour bien prendre conscience de son état, l'accès à une vraie conscience ne peut être fondé que sur la vie, sur les choses vécues par expérience. Ainsi, les expériences douloureuses qu'il avait vécues ne pouvaient que l'aider à trouver cet état de pleine conscience. C'était une évidence, il devait faire de ces épreuves qu'il avait subies le point d'ancrage d'un nouveau départ, d'un autre regard à porter sur lui-même. Il lui faudrait, telles les pelures d'un oignon, procéder à l'arrachement des voiles d'illusions qui conditionnaient ses attitudes.

Si son esprit scientifique le faisait douter facilement de ses capacités et se poser beaucoup de questions, il était persuadé que c'est en semant le doute sur ce que l'on prend pour acquis que l'on peut rehausser son niveau de conscience et son discernement, et ainsi sa capacité à agir et donc à décider du meilleur chemin à suivre.

L'opéra touchait à sa fin, et malgré le deuxième whisky, il n'avait jamais eu les idées aussi claires. Il avait besoin de se changer les idées, de découvrir d'autres horizons, de rencontrer d'autres personnes, de changer de climat et de cadre de vie, de humer un autre air, de s'éloigner de ce quotidien pesant.

Il se leva énergiquement, comme pour mieux régler ce conflit entre son avenir et les événements noirs de ce passé récent, et trouver un accord, une réconciliation entre ces opposés pour recouvrer un véritable élan vital. Le moment était venu de surmonter le destin par l'acceptation du destin et savoir se confronter à soi-même tel que l'on est.

Il se retrouvait maintenant à nouveau devant son miroir, cette fois seul devant lui-même. Pour restructurer son être, il devait se réconcilier avec lui-même.

Mais pour porter ce regard sur lui-même et rompre avec une démarche parfois trop égocentrée, il avait pris la décision de s'astreindre à une indispensable méditation, propice à le faire accéder à ce nouvel état de conscience, à ce nouveau regard à porter sur lui-même, qui lui permettrait de dépasser son enfermement psychique actuel pour découvrir enfin qui il est vraiment.

Et comme certains se retirent quelque temps de la vie sociale lors d'une retraite dans un monastère pour mieux se ressourcer, il pensa qu'il pourrait trouver, seul en mer sur son voilier lors d'une longue route maritime le soustrayant au monde, ce havre de paix, ce retour à cette nature inconsciente et enveloppante promise à toute renaissance psychique, qui lui permettrait de construire sa personnalité à venir.

S'il avait perdu sa moitié aimante, il devait aller à la recherche de sa totalité psychique, en tentant de réconcilier ce passé sombre avec l'avenir qu'il espérait lumineux pour mieux sortir de cette opposition.

Ne fallait-il pas qu'il porte en lui le malheur et l'humiliation dont il avait besoin pour mettre le pied sur le chemin qui lui est destiné, et lui permettre de sortir de son obscurité ?

Le lendemain matin en entrant dans le service, il se rendit directement dans le bureau du professeur Philippe Granterre et lui annonça sa décision de démissionner de son poste hospitalier. Le patron, interloqué par cette surprenante nouvelle, ne sut que lui répondre :

« Je regrette votre décision, Legall, vous auriez pu prétendre à une honnête carrière hospitalière. »

Les deux hommes n'avaient pas vraiment d'atomes crochus, et Henri ne jugea pas nécessaire de l'informer que son collègue André Boulaire lui avait fait miroiter un avenir beaucoup plus alléchant !

Mais comme il avait pris la décision de changer d'air, et de rompre avec ce milieu hospitalier, qu'il jugeait responsable de ses malheurs, il informa le patron de la médecine nucléaire qu'à regret il ne pourrait pas donner suite à la proposition de rejoindre son service. Ainsi, comme il en avait pris la résolution hier soir, il se donnait la faculté mentale de s'abstraire du ici et maintenant pour ouvrir cette possibilité de dissociation salvatrice. C'est dans cette échappée maritime qu'il pourrait entrevoir une autre voie d'équilibre.

Il avait fait réviser son moteur hors-bord le lendemain du passage à bord de l'inspecteur. Il alla acheter un petit pilote automatique qu'il fixerait sur la barre de son quillard pour rendre plus sûre et plus confortable la navigation en solitaire qu'il avait programmée. Il alla aussi acheter les cartes marines nécessaires à une navigation côtière le long du littoral français, puis des côtes espagnoles et portugaises.

Il souhaitait s'engager dans un long périple nautique, constitué d'étapes de cabotage journalier qui, tenant compte des aléas de la météo, lui permettrait de s'abriter le plus souvent dans des mouillages sauvages et le mènerait d'ici deux mois à Gibraltar, d'où il pourrait rejoindre en quelques semaines la côte méditerranéenne française.

Il se libéra de la location de son appartement, emportant avec lui dans deux grands sacs étanches ses vêtements, quelques livres classiques, principalement des romans du dix-neuvième siècle, sans oublier les *Mémoires d'outre-tombe* de Chateaubriand. Il prit aussi son transistor, non pas pour rester connecté aux nouvelles d'actualité, mais pour écouter la musique envoûtante des grands compositeurs classiques. Il n'oublia pas de retirer trois mille francs de son compte en banque, et de constituer les réserves suffisantes pour s'avitailler en mer pendant une longue période.

Seul sur son voilier, face à l'océan et séparé du monde, il pourrait progressivement s'éloigner de ces rivages devenus hostiles et de cette vie hospitalière qui avait été le théâtre de tout ce qu'il voulait oublier.

Ce pèlerinage maritime allait lui permettre d'engager une véritable quête initiatique à la recherche d'une réalité intérieure qu'il avait hâte de découvrir : cette part de lui-même qui serait sa vérité !

Une fois rendu, à la fin de l'été, sur la Côte d'Azur, il pourrait prendre le temps d'aller à la recherche d'une agglomération de bord de mer pour s'y installer et exercer sa profession de cardiologue dans cette nouvelle vie.

Imprimé en Allemagne
Achevé d'imprimer en février 2024
Dépôt légal : février 2024

Pour

Le Lys Bleu Éditions
40, rue du Louvre
75001 Paris